Being A
成为 writer 作家

Travis Elborough & Helen Gordon

ADVICE, MUSINGS, ESSAYS AND EXPERIENCES
FROM THE WORLD'S GREATEST AUTHORS

来自伟大作家的随想与建议

[英] 特拉维新·埃尔伯勒 [英] 海伦·戈登 著

木草草 译

重庆大学出版社

做一桩惊人之举……
一桩英勇或奇特的事
这桩事在我死后也不会被人忘记……
哎想我将写书。

——路易莎·梅·奥尔科特

Contents

目录

Introduction 导言

Introduction

导言

黎明/上午九点/午夜开工。用马克笔/好利获得22便携式打字机/超薄型苹果电脑写。在厨房餐桌/隔音办公室/拥挤的火车上干活。

　　我在编辑这本书时很快了然，创造性的写作没有唯一的正确方式。这种看法真是让人解脱。只要有人需要用安静的办公室隔离自己（乔纳森·弗兰岑），就会有人在附近的咖啡馆就着茶和饼干干活才最自在（里弗卡·格钦），或者是在家务间隙和孩子们睡觉的时候，争取写上一小时（年轻时的艾丽丝·门罗）。安东尼·特洛勒普每天早上五点半开始写作，还每年付五法郎给一位上了年纪的男仆来当闹钟；而对H. P. 洛夫克拉夫特来说，只有"神奇且安静"的黑夜世界才能带来必要的灵感。

　　相反，在所有这些丰富多样的方式之外，我也意识到，许多作家都有一些共通的想法和建议。查尔斯·狄更斯在一八六六年写给布鲁克菲尔德太太的信中建议："你一直在匆忙叙述……用一种近似急躁且让人喘不过气来的方式，任由自己……讲述，其实应该让人们（人物）来讲述，由他们自己表现出来。"简单来说："要展示，不要讲述。"任何一个上过二十一世纪创意写作课的人都很熟悉这句话。对现代作家来说，比较流行的一条建议则很简单："关掉无线网！"

1

我们希望这本书能给大家带来各种启发与乐趣，内容包括雷蒙德·卡佛如何在日常生活中汲取灵感；赫尔曼·麦尔维尔论及写作主题的重要意义；欧内斯特·海明威避免创作瓶颈的方法；大卫·米切尔谈到如何寻找经纪人和编辑；弗·司各特·菲茨杰拉德说起喝酒时能写什么（短篇小说），不能写什么（长篇小说）。作家们谈起做错了什么、做对了什么。他们讲述没能完成的手稿，找不到出版商，塑造失败的人物和啰唆、复杂的情节。当你面对空白的电脑屏幕或者什么也没有写的笔记本，一个人坐着的时候，要是想到有其他人，那些最受人爱戴的作家们，实际上也面对过相同的挑战与煎熬，会有所帮助。"但每当我开始写一本小说，都觉得自己好像从来没写过。"弗兰岑说。

本书无意成为综合调查报告，不过也相当全面。从十八世纪伦敦的塞缪尔·约翰逊，到二十一世纪威斯康星州的洛里·穆尔，《成为作家》囊括了二百五十年以来，来自西班牙、日本、尼日利亚、德国、法国、澳大利亚、瑞士、韩国、阿根廷和其他地方的长篇小说家和短篇小说家。本书试图探讨并阐明写作冲动会带来的乐趣和陷阱。正如乔治·奥威尔所说："我从很小的时候开始……就知道自己长大后会当作家。差不多在十七岁到二十四岁的那几年里，我努力想要打消这个念头，但我很清楚这是在违背自己的天性，我早晚还是会安下心来写书的。"

Becoming a writer
Finding your way

成为作家
找到方法

Jhumpa Lahiri

裘帕·拉希莉

身为作家，意味着从倾听转为诉说："听我说。"

Henry David Thoreau

亨利·戴维·梭罗

② → 123

你都还没有站起来去生活就坐下来写作，多徒劳啊！

Anaïs Nin

阿娜伊丝·宁

我们用写作
来两度体味
生活，一次
在当下，另
一次在回忆
中。

Thomas Mann

托马斯·曼

和其他人相比，写作对某些人而言更加困难，这样的人就是作家。

Julian Barnes

朱利安·巴恩斯

毕竟，不当作家是一件容易的事。许多人不是作家，这几乎对他们没有任何坏处。[1]

1　译林出版社 2016 年版《福楼拜的鹦鹉》，[英] 朱利安·巴恩斯著，但汉松译。

Emily Dickinson

艾米莉·狄金森

我想，世界上再没有像文字这样充满力量的东西了。我有时写下一个字，便会盯着它看，直到它绽放出光芒。

Renata Adler

雷纳塔·阿德勒

作家对社会怀有怨恨，并用关于无法令人满足的性爱、未实现的抱负、全然的孤独，当地以及全世界的痛苦感觉的故事加以证明。

T. H. White

T. H. 怀特

我想，要成为一名成功的作家，人得足够绝望才行。得跌到谷底，能有让一切都去见鬼的底气。还得谴责公众，承担生计上的风险，直抒胸臆，做自己。然后才有可能写出什么来。

R.L. Stine

R. L. 斯坦

有人问:"对于那些想要成为作家的人，你有什么建议吗?"我会说，他们其实不需要建议，他们知道自己想成为作家，他们也知道自己会成为作家。那些真正想要当作家而且适合当作家的人，他们心里清楚。

Tom Perrotta

汤姆·佩罗塔

我阅读时的那种感觉——文字创造出一个世界的感觉，我感觉，要是自己也能尝试一下该有多好。

我确实相信天赋这回事，但我认为作家拥有的品质中，毅力更加重要。在成功之前，可能还有很长一段路要走。

Orhan Pamuk

奥尔罕·帕慕克

③ →249

自从七岁那年我就想成为一名画家，我的家人也都接受了这一点，他们都认为我将成为一名著名画家。但后来我脑海里起了变化，就仿佛一颗螺丝松了一般。我停住不画了，且马上开始写小说。[1]

1 上海文艺出版社2015年版《巴黎评论·作家访谈1》，美国《巴黎评论》编辑部编，方柏林译。

Zora Neale Hurston

佐拉·尼尔·赫斯顿

也许鲁莽愚蠢片刻也不错。如果作家太过聪明，那根本就不会有人把书写出来。也许在事后问自己"为什么？"比在事前更好。反正，最开始是有股凭空冒出的力量指挥你去写作，而你别无选择。你照其吩咐拿起笔，服从命令写了起来。

Collette
科莱特

写作是将一个人最深处的自我充满热情地倾注到诱人的纸张上，其速度之癫狂，有时让人的手都会挣脱桎梏、我行我素，在急切的神明指引下拼命书写——然后在第二天发现，那个耀眼时刻奇迹般长出的金色树枝，会被干枯的荆棘与幼小的花朵取代。

Samuel Johnson

塞缪尔·约翰逊

一个人成为作家的众多必要条件中，早早地进入生活世界几乎比什么都重要。学问的种子也许能栽种在孤独中，但只有接触人群，才能得到培育。人也许能在大学里学会辩论，在退隐后建立学说，但润色的技巧与吸引人的能力，只有通过各种交谈才能获得。

Jack Kerouac

杰克·凯鲁亚克

当有人问起这样的问题："作家是天生的，还是后天的？"你应该先提问："你是说有天赋的作家，还是有独创性的作家？"因为尽管每个人都能写作，但不是每个人都能发明新的写作形式。格特鲁德·斯泰因发明了新的写作形式，而效仿她的人不过是具有"天赋"而已。

J.G. Ballard

J. G. 巴拉德

我很庆幸自己的写作生涯从短篇小说开始，因为你真的能从中学会如何创作。你还能学习如何挖掘自我。你要是写上很多短篇小说，用不了多久，就能意识到自己的长处和短处，而自己的想象力则指向罗盘的某个角落。我觉得年轻作家想要写长篇小说的时机，都为时过早。

Hanif Kureishi

哈尼夫·库雷西

我害怕写作，因为我对自己的感受和信念感到不好意思。任何艺术的实践都会成为自我厌恶的好借口。不管要成为什么样的艺术家，你都要稍微厚脸皮一点。而要做到厚脸皮，你就不能再介意自己是谁。

　　有时作家们喜欢想象，成为作家的难处是，你要说服其他人这就是你的身份。但真正的困难在于说服你自己。

Ian McEwan

伊恩·麦克尤恩

作家们显然会阅读彼此的作品。他们肯定会否认，但从某种细微且潜在的意义来说，他们也在为彼此写作，这对于那些刚开始职业生涯的人而言尤其如此。尽管我们喜欢把自己说成是黑暗世界里的孤独灯塔，但当我们发表了第一个故事或第一首诗以后，要是听说我们仰慕的一些当代作家也会读，便会感到意义十分重大。

David Foster Wallace

大卫·福斯特·华莱士

如果你花了足够多的时间来阅读或写作，你会找到一种声音，也会找到某些喜好。你会找到某些作家，他们的写作会把你自己脑海里的声音变得像是一把音叉，刚好能与你产生共鸣。要是发生了这样的事情，就去读他们的文字吧……这会成为叫人难以置信的乐趣来源，像是让心灵吃到了糖。我有时很难理解，生命中不存在如此体验的人们将如何度日。

Hilary Mantel

希拉里·曼特尔

作家能够培养的最有用的品质是自信——自大，要是你拿捏得当的话。你凭借写作对世界施加影响，因此，你得在世界尚未表现出认同你的迹象时，相信自己的能力。书无法快速写就，通往出版的道路上可能布满障碍。你要是没有门路，也不认识其他作家，那自信就尤为重要。如果你在还没有出版过作品时就能对自己说"我是个作家"，那你就应该按照如此来定义自己。

James Baldwin

詹姆斯·鲍德温

我父亲说我是他见过的最丑陋的小孩。我这辈子一直听他这么说，而我也信了。我深信不会有人来爱我。但你知道吗？没有人会在意作家长什么样。我可以靠写作变成八十岁，或者变得像个侏儒一样奇形怪状，这都不要紧。对我来说，写作是爱的表现，企图以此得到世界的关注，企图得到爱。这之于我似乎是一种拯救自己和家人的方式，它源自绝望。这似乎也是唯一一条进入另一个世界的通道。

James Salter

詹姆斯·索特

写出一本伟大的书也许要靠运气，但写出一本优良的书还是有可能做得到的，这取决于一个人写下的想法。简而言之，要完成作品，其他的事情自然而然就会发生。当人们给予微不足道的事情过多赞美时，便难以容下为写出一本好书而努力的意义了。说到底，写作就像是监狱，是你永远无法获得释放的岛屿，但在某种程度上而言，这也是个天堂：你将此刻懂得的、全心全意想要去相信的事物本质，用语言来表达，随之而来的会有孤独、思考以及难以言喻的快乐。

Jenny Erpenbeck

燕妮·埃彭贝克

回想起来，我得说，我会成为作家，是因为有过这样的时刻：我在柏林市中心战争留下的废墟间嬉戏，我长大成人的街道成为巨大的建筑工地；妈妈允许我减少上课时间去溜冰，父亲带我去围墙环绕的堡垒挖掘现场；我去跳舞，我谈恋爱，我剪短头发；我的邻居喝多了酒；我的祖母和外祖母，一个给我讲述西伯利亚的集中营，另一个告诉我迁徙他乡的故事；我把装订书籍用的胶水混在一起；我一有时间就看书；完成学业后，我成了歌剧导演和面包师助手。这些是我决定写下第一段长文字乃至第一本书的时刻。

Gabriel García Márquez

加布里埃尔·加西亚·马尔克斯

有个晚上，一个朋友借给我一本书，是弗朗茨·卡夫卡写的短篇小说。我回到住的公寓，开始读《变形记》，开头那一句差点让我从床上跌下来。我惊讶极了。开头那一句写道："一天早晨，格里高尔·萨姆沙从不安的睡梦中醒来，发现自己躺在床上变成了一只巨大的甲虫。"读到这个句子的时候，我暗自寻思，我不知道有人可以这么写东西。要是我知道的话，我本来老早就可以写作了。于是我立马开始写短篇小说。[1]

———

1　上海文艺出版社2015年版《巴黎评论·作家访谈1》，美国《巴黎评论》编辑部编，许志强译。

Stephen King

斯蒂芬·金

我十四岁的时候（不管需不需要，这时我已经每周刮两次脸），墙上的钉子已经承受不了太多退稿信的重量，我另换了一个大钉子，继续写。我十六岁的时候，已经开始收到手写的退稿信，内容比"勿装订，用曲别针"之类的建议更令人鼓舞。第一个让我感到有希望的条子来自阿尔吉斯·巴德瑞斯，他当时是《奇幻与科幻》的编辑，他读了我写的一个题为《老虎之夜》的故事之后……写道："故事不错。不适合我们，但确实不错。你有天分。继续来稿。"就这么短短四句话，钢笔写的，字迹非常潦草，字尾还拖着大团的墨渍，却照亮了我十六岁那年阴霾的冬天。[1]

1　人民文学出版社 2016 年版《写作这回事》，[美] 斯蒂芬·金著，张坤译。

Mary Shelley

玛丽·雪莱

身为两名杰出文人的女儿，我在年幼时就有写作的念头也不奇怪。我小时候会胡乱写点东西，而我最爱的消遣，就是在供我玩耍的那几个小时里"写故事"。不过，我还有一样比这个更珍贵的乐趣，那就是搭建空中城堡——在白日梦里徜徉——跟随种种思绪，为各种主题编织一连串虚构事件。我的白日梦瞬间就比我写的东西还要异想天开，讨人喜欢。写东西时，我是个彻头彻尾的模仿者——与其说是在记录自己脑海里的想法，不如说是在写他人已经写过的东西。我写的东西至少是要给另外一双眼睛看的——我的儿时伙伴和朋友。但我的白日梦却完全属于我自己，我不对任何人诉说。白日梦是我烦恼时的庇护所，也是我自由时最宝贵的乐趣。

Jean Rhys

琼·里斯

我对生活感到激动时完全不会想要写作。我从来不在快乐时写作。我不想。但我从来没有经历过长期快乐的日子。你知道谁经历吗？我觉得你平静地长久度日还是有可能的。这么想来，如果我不得不作出选择，我宁愿选择快乐，也不要写作。你看，我在书里几乎没有创造出什么来。我写作时首先考虑到的，是希望能摆脱那些快要压垮我的极端悲伤。我小时候发现，要是我把受到的伤害变成文字，那种伤害就会消散。这样会留下类似忧郁的感觉，但伤害会随之消散。我记得萨默塞特·毛姆说过，如果你把某件事"写出来"，就不会再如此为之困扰了。你也许还会隐约感到忧郁，但那至少不再是痛苦——我猜，这就类似于天主教徒的忏悔，或者是精神分析疗法。

Lorrie Moore

洛里·穆尔

首先，尝试去成为什么，任何身份都可以。电影明星／宇航员。电影明星／传教士。电影明星／幼儿园老师。世界的最高权力人。然后遭遇惨败。最好在年纪小一点的时候失败——比如说，十四岁。早年的决定性醒悟很有必要，这样你就能在十五岁时，开始书写关于挫败心愿的俳句组诗。这是个池塘，一朵樱花已绽放，风掠过麻雀翅膀，朝山里吹去。数一下音节，拿给妈妈看。妈妈坚强又务实，儿子在越南，丈夫也许在出轨。她笃信穿一身棕色能掩藏斑点。她会匆匆看一眼你写的东西，然后抬起头看着你，表情和甜甜圈一样单调。她会说："把碗碟从洗碗机里取出来好不好？"然后把脸转开。把叉子塞进餐叉抽屉里，不小心打碎其中一只加油站免费赠送的玻璃杯。这是必经的痛苦与折磨，仅适用于初学者。

D. H. Lawrence
D. H. 劳伦斯

此刻，我绝对会断然否认自己是一个灵魂，或一具身躯，或一种心智，或一种智慧，或一颗大脑，或一副神经系统，或一组腺体，或我身上任何其他部分。整体比局部更伟大。因此，我，一个活着的人，比我的灵魂，或心灵，或身躯，或心智，或意识，或身上任何其他部分都还要伟大。我是个人，我活着。我是个活着的人，只要我能活下去，我就会继续当一名活着的人。

出于这样的原因，我是名小说家。而作为小说家，我认为自己胜过圣人、科学家、哲学家和诗人，他们都是活着的人之中不同领域的大师，却从来都无法面面俱到。

小说是一种关于生命的光明之书。书籍不是生命，只是以太中的战栗。但小说的这种战栗，可以让所有在世的人都颤抖。这比诗歌、哲学、科学或任何其他书籍产生的战栗能做到的都要多。

Chimamanda Ngozi Adichie
奇玛曼达 · 恩戈兹 · 阿迪契
④ → 397

我六岁时，以为自己是个作家。某种程度来说，这与我在尼日利亚长大有关。在尼日利亚，你得成为医生。我们看重工程师或者医生或者律师。作家？嗯。人们总是会问"为什么"。你为什么想要当作家？有时候，我的美国朋友会说起他们难以认为自己是作家，他们觉得，说"我是作家"有点狂妄。而我，由于我来自不一样的地方，我不会这么想。我只会说："哦，我喜欢讲故事。我喜欢把故事写下来。"更进一步来说，我有意识地做出决定，要不断尝试直到出版。这很艰难。我一直都在写，如果我还没有出版任何书，我就接着写，因为我做的决定就是，我想要出版自己的书。十五岁时，我的一首诗被刊登在尼日利亚的一本杂志上。这件事对我意义重大。也许我就是在那个时刻决定要出版自己的书的，因为一个人总得下决心做点什么。这在于你追求什么。在于用实际行动去表达。

Ray Bradbury

雷·布拉德伯里

我们听说过许多迎合商业市场的写作，而讨论提及迎合文学派系的作品却不多。归根到底，两种做法对作家来说都不算愉快。没有人会记得、会提起、会讨论这种刻意迎合的故事，比如越到后面越无力的海明威式故事，或者再而三出现的埃莉诺·格林式故事。

作家可能拥有的最佳回报是什么？难道不是有人跑到你的跟前，脸上满是真诚，眼里充满钦佩和眼泪，说着："你新写的故事真好，真的很精彩！"

这种时刻，也只有这种时刻，会让人觉得写作相当值得。

突然之间，从附庸风雅的人们那儿得到的夸张赞美烟消云散；突然，从满是广告的杂志那儿收到的令人欢喜的钞票也不再重要了。

再麻木的商业类作家也会爱上这一刻。

再做作的文学类作家也会盼望这一刻。

Deborah Levy

德博拉·莱维

十五岁的时候，我戴着边缘钻出方形孔洞的黑色草帽，在公共汽车站边的苍蝇馆子里，在餐巾纸上写东西。我当时依稀觉得，作家就是这样写作的，因为我读到过书里讲诗人和哲学家们在法国咖啡馆里边喝意式浓缩咖啡，边写下他们是有多不高兴的。当时的英国没有那么多这样的咖啡馆，西芬奇利[1]就更别提了……我在白色餐巾纸上飞快地……写下句子。这种行为（潦草地书写）还有我的打扮（黑色帽子）让我像是装备了一把AK-47：报纸上经常刊登的第三世界儿童们举着的不是当中插了根巧克力棒的冰淇淋，而是这种步枪。对于坐在我旁边的建筑工人来说，我并不完全在场。我写得让自己进入了某种状态，使他们觉得有点难以和我搭话，或者是让我递一下盐。我写得出了神。

写作让我觉得自己比实际上还要聪明。聪明又悲伤。这就是我认为作家应该有的模样。

---

[1]　位于北伦敦巴尼特区。

J.K. Rowling

J.K. 罗琳

那是一九九零年。我当时的男朋友和我决定一起北上，搬去曼彻斯特。花了一个周末物色公寓后，我独自搭乘拥挤的火车回伦敦，哈利·波特的构想就是在那时出现在我脑海里的。

我从六岁起就几乎不断在写作，但我以前从来没有为任何念头如此激动过。我当时无比沮丧，因为我没有一支能用的笔，而我又害羞到不敢问任何人借笔……

我没有一支能用的笔，不过，我想这也许是件好事。我就坐在那里思考了四个小时（火车延误了），与此同时，各种细节在我脑袋里冒了出来，而这个黑头发、戴眼镜、不知道自己是个巫师的瘦小男孩，也变得越来越真实。

也许，我要是放慢构思的速度，把这些念头写在纸上，可能就会扼杀其中一些想法（不过，我有时候确实会在无所事事时好奇，在我手里真正握住一支笔以前，有多少在那趟旅途中想象出来的东西已经被我遗忘）。我从当天晚上起就开始写作《哈利·波特与魔法石》，尽管最开头的那几页和成书后的内容没有任何相似之处。

Haruki Murakami
村上春樹
② → 195

我可以具体说出下决心写小说的时刻，那是一九七八年四月一日下午一点半前后。那一天，在神宫球场的外场观众席上，我一个人一边喝着啤酒，一边观看棒球比赛。神宫球场距离我居住的公寓仅仅一步之遥，而我当时是个热情的"养乐多燕子队"支持者。天空中一丝儿云也没有，风暖洋洋的，是个无可挑剔的阳春佳日。那时候的神宫球场外场上还没有设置座椅，只是一面斜坡，长着一片绿草。我躺在草地上，啜着啤酒，不时仰面眺望天空，一边观看比赛。一如平日，观众不多。养乐多燕子队在主场迎战本赛季开幕战的对手——广岛鲤鱼队。记得养乐多燕子队的投手是安田。他是个五短身材、胖乎乎的投手，善投一手极难对付的变化球。安田第一局轻轻松松叫广岛的进攻线吃了个零蛋。接着，在第一局后半场，第一击球手、刚从美国来的年轻的外场手迪布·希尔顿，打出了一个左外野安打。球棒准确地击中了速球，清脆的声音响彻球场。希尔顿迅速跑过一垒，轻而易举地到达二垒。而我下决心道"对啦，写篇小说试试"，便是在这个瞬间。我还清晰地记得那晴朗的天空，刚刚恢复了绿色的草坪的触感，以及球棒发出的悦耳声响。在那一刻，有什么东西静静地从天空飘然落下，我明白无误地接受了它。[1]

1　南海出版公司 2010 年版《当我谈跑步时，我谈些什么》，[日]村上春树著，施小炜译。

Jean-Paul Sartre

让 - 保罗·萨特

我要来一个本子，一瓶紫色墨水，在封皮上写道："小说簿"。我把第一个写完的故事命名为《寻蝶记》。一个学者和一个强壮的年轻探险家以及学者的女儿逆亚马孙河而上，寻找一种珍贵的蝴蝶。内容，人物，探险的细节，甚至故事的标题，全部是从上一期季刊的一篇连环画借用的，这是肆无忌惮的抄袭，却替我解除了一切不安：既然我没有做任何杜撰，那么我写的一切必然是真实的。我并不奢望出版，但竭力使自己相信已出版的正是我要写的作品，我下笔的每一句话都在我的安排之中。我认为自己是抄袭者吗？不，我认为自己是别具一格的作者：我做了加工和润色呀。譬如，我想到了改动人物的姓名。这些细微的改变使我有权混淆记忆和想象。现存的句子以崭新的面貌在我头脑里重新组合，稳稳当当，井井有条，这就是所谓的灵感。我把这些句子誊写下来，在我眼前展现出密密匝匝的东西。如果人们普遍相信，作者灵感来临时已在内心深处变成另一个人，那么我七八岁的时候就认识灵感了。

我从来不完全相信"自动写作"，但非常喜欢这种写作游戏，我是独生子嘛，可以自个儿玩耍。我不时搁下笔，装作犹豫不决的样子，眉头紧锁，目光恍惚，竭力使自己感觉自己是一个作家。[1]

1　人民文学出版社 2016 年版《文字生涯》，[法] 让 - 保罗·萨特著，沈志明译。

Joan Didion

琼·狄迪恩

想把事情写下来的冲动是特别强烈的一种。对于那些没有体验过的人来说，很难解释清楚。这种冲动的实际价值纯属偶然，而且并不重要，这与任何冲动试图自圆其说的方式相同。我猜想，这是否会发生，取决于幼年时代。尽管我从五岁起就禁不住要写东西，但我不确定自己的女儿会不会也同样如此。她毕竟是个深受保佑、容易接纳一切的孩子，对生活原封不动呈现在她面前的模样都能欣然接受，夜晚不怕睡着，白天也不怕醒来。拥有私密笔记本的人完全属于不同物种，他们是寂寞又顽固、喜爱重新整理事物的人，对现状不满意的焦虑的人，是一些出生时对于死亡有某种预感并因此受到折磨的孩子。

　　我的第一本笔记本是个A5的写字板。我母亲英明地给了我这个写字板，希望我能停止抱怨，用书写思绪来自娱自乐。她几年前将写字板还给了我，上面写的第一段内容是一个女人的描述，她深信自己即将冻死在北极的夜里，天亮了才发现，她无意中来到了撒哈拉大沙漠，午饭之前自己就会中暑而死。我不知道一个五岁小孩的思想会出现什么样的转变，以至于会唤起如此明显带有"讽刺"且富有异国情调的故事。不过，这倒显露出我在一定程度上偏爱极端化，即便成年后也依然如此。也许，我要是更善于分析，就会觉得这与唐纳德·约翰逊生日派对的故事，或者我表妹布兰达把小猫丽塔放在鱼缸里的情形比起来，都更加真实。

Margaret Atwood

玛格丽特·阿特伍德

每个作家都不是在一干二净的环境中长大成人的，都难免受到别人对作家的看法影响。我们会碰上一堆先入为主的观念，认为我们是什么样的人或应该变成什么样子，什么才是好文章，写作有或者应该有什么社会功能。我们对于自己书写作品的想法，都是在这些先入为主的观念包围下产生的。我们无论是努力想符合这些观念、反叛这些观念，还是发现别人用这些观念来评断我们，身为作家都受到它们的影响……

……大部分人私下都认为自己肚里也有一本书，要不是没时间他们都能写出来。这种看法多少也并不假。很多人确实肚里有本书，也就是说，他们有过一些别人可能会想读的经历。但这跟"当作家"不是同一回事。

或者，用另一种比较难听的说法来讲：每个人都可以在墓园里挖个洞，但并非每个人都是挖坟人。后者需要更多的力气和坚持。同时，由于此一活动的性质，这角色也具有很深刻的象征意义。挖坟人并非只是个挖掘的人，而是背负着其他人的各种投射，各种恐惧、幻想、焦虑和迷信。你代表凡人终有一死的事实，不管你喜不喜欢。任何一种公众角色也都是如此，包括"大写"的作家，但也跟任何一种公众角色一样，此一角色的意义——包括情感性和象征性的内涵——会随着时代变迁。[1]

1　上海三联书店 2007 年版《与死者协商》，[加] 玛格丽特·阿特伍德著，严韵译。

David Mitchell

大卫·米切尔

我在二十多岁时梦想成为作家。我想为其他人做那些我最爱的作者为我做过的事情。我当时在日本教英语，不知道在接下来的人生中要做点什么。我非常天真。这个声音就在我的脑海深处："你也许能当个作家。"

我将一部非常拙劣的小说的前三章和情节梗概寄给了伦敦的十五个代理人和五家出版社——当然，那是还没有互联网的时代，花了我不少钱。我收到四个答复。其中一个代理寄来一封短信："这部恐怕不太行，不过你可以把下一部作品寄给我看看。"这非常鼓舞人心。

我有半年时间没在工作，而是搭上了穿越西伯利亚的火车。笔记本都被我填满了，一路上的随感凝聚成一篇篇故事。故事很了不起，但没人会花钱买。我当时就想，要如何把这些东西变成小说呢？你看，有时候，主题能成为黏合剂。我看着这些故事，察觉到它们都回答了同样的一个问题：为什么这些事情会发生？要是发生在这一个故事里的事情，给下一个故事带来了可能性呢？这就是生活，这就是现实，充满无限多的微小巧合，情节与情节相互有着联系。我意识到，这种黏合剂足够强大。我把其中五个故事拿给先前对我的作品有着礼貌且谨慎的兴趣的伦敦代理人，他说："这个作品有点意思，我的孩子。"一天晚上，我收到一封传真，我仍然记得上面的内容。那是一份酬劳非常低的两本书的合约，发出邀请的出版社至今仍在与我合作，而那一天，是我人生中最美好的一天。到了早上，我担心这是个梦。不过传真就在桌上，那天早晨金光灿灿，整个世界看起来无与伦比。

我的建议是，把作品寄出去然后忘掉，尽快开工写下一部作品。不要坐在那里等待电话或者刷新邮箱。不要期待。你完成了某样东西，这件事情已经很了不起了。把所有能量都用在可能会出现的失望中。避开那种可能会出现的失望。把这种失望转移到下一部手稿中去。马上就去做，第二天起就得这么做。

81

Mark Twain
马克·吐温

④ → 373

我十六七岁时，突然迸发出一个绝妙的念头。这个全新的念头，以前从来没有人想到过：我要写一些片段，带去给《共和党周报》[1]的编辑，让他就其价值给我一些不加修饰的直白意见！如今看来，尽管这个想法既过时又俗套，当时却让我感到新鲜又迷人，创造力如真正的电闪雷鸣般在我体内撞击并燃烧。我写下了那些片段。我以沉着的信心，以及只有练习的渴望与文学经验的缺席能够给予的快乐流畅心情书写。这里头没有一句话要耗费半个小时来斟酌、构思、打磨，再修改。实际上，里面的每句话单纯在措辞上花掉的时间，可能连半个小时的六分之一都不到。如果我没有记错的话，那份纯粹的手稿中，全文没有一处删除或补正。（后来我就此对自己的力量失去了巨大的信念，也失去了那种不可思议且完美的执行力。）我揣着满口袋的纸稿前往《共和党周报》办公室，满脑子都是梦想，宏大的未来在我眼前展现。我非常清楚，编辑会对我的文章着迷。但不久之后——

　　其实，细节无关紧要。我只是想说，某种朦胧的怀疑念头在我兴高采烈时闯了进来。接着又一个，再一个。很快就占据了一整排。最后，当我站在《共和党周报》办公室门口，抬头看着高大又冷漠的临街面，十分钟前还想与建筑的塔楼试比高的我，这会儿显得既畏缩又可怜，要是我敢踏入那些格栅，那也许应该就能这么走进去。

　　就在那个紧要关头，我正打算去请教的那位编辑下了楼，他立定片刻，拉动袖口，整了整外套，刚好注意到我正眼巴巴地看着他。他问我想干什么。我用男孩独有的温顺与羞愧口吻回答："没什么！"然后垂下眼帘，恭顺地缓缓绕行，直到我完全来到小巷子，这才心怀感激地大大松了口气，然后拔腿就跑！

　　我很满意。我别无他求。这是我第一次尝试请文人对我的作品发表"不加修饰的直白意见"，到今天依然影响着我。

1　创刊于1823年的密西西比州地方报纸，全名为《伍德维尔共和党周报》（ Woodville Republican ）。

F. Scott Fitzgerald
弗·司各特·菲茨杰拉德

我生命的历史，就是势不可挡的写作冲动与执意阻挠我写作的各种环境相抗争的历史。

我住在圣保罗时，大约十二岁，学校里的每节课上，我都在写。地理课和第一年拉丁语课本最后的空白页面，还有作文、变格和数学题目边上的空白处。两年后，家庭会议决定，强迫我学习的唯一办法，就是送我去寄宿学校。这是个错误。这导致我不再写作。我决定去踢足球、抽烟、上大学，做各种与生活里的正事毫不相关的事情，当然，这些都成了短篇小说里描写与对话的像样的素材。

不过，我在学校里有了新的爱好。我看了部叫作《贵格会女孩》的音乐剧。从那天起，我的桌子上便堆满了吉尔伯特与萨利文的歌剧剧本，还有几十本记录着数十部音乐喜剧创作构想的笔记本。

在学校的最后一年快结束时，我偶然看见钢琴上放着一部全新音乐喜剧的乐谱。剧名是《苏丹先生》，标题里还提供了其他信息：这部剧将由普林斯顿大学的三角社表演。

有这些信息对我来说就够了。从那时起，大学这个问题就解决了。我要去的是普林斯顿。

大一一整年我都在忙着为三角社写一部轻歌剧。我因此挂了代数课、三角学、坐标几何课，还有卫生学。不过，三角社接纳了我的作品。尽管一整个闷热八月我都在上辅导课，但最终仍然得以升入二年级，并加入剧团成为女声合唱队[1]的一员。之后不久，这样的生活中断了。我的身体出了问题。我在十二月离开学校，那年剩余的时间里，我待在西部慢慢恢复健康。我离开前最后的记忆应该是在医务室里。我躺在床上，边发高烧，边为三角社当年的作品写最后一段唱词。

接下来的一年，我回到了大学，不过那时候我已经拿定主意，觉得写诗才是值得做的事情。于是我脑海里回荡着斯文伯恩的韵律、鲁伯特·布

1　三角社最初剧团演员均为男性，因此女声合唱队也由男性出演，直到1992年的音乐剧《恶魔信徒》（*The Devil's Disc ple*）里，才首次有女性参与演出。

鲁克的诗句，在春季创作十四行诗、叙事诗和小回旋诗直到凌晨。我在哪里读到过，每个伟大的诗人都在二十一岁前写下过伟大的诗篇。我只剩一年了，而且，战争也在逼近。在被卷入之前，我要出版一本让人大吃一惊的诗集。

到了秋天，我身处利文沃斯堡的步兵军官训练营。当时我已经抛弃了诗歌，有了全新的志向——我要写下一部不朽的小说。每天晚上，我把便笺簿藏在《步兵的小麻烦》后面，写下一段又一段经我和我的想象稍作加工的历史。我拟好二十二章的大纲——其中有四章是韵文体，不过，我刚写完两章就被发现了，一切都完了。我在训练期间没能再写任何东西。

当时我处在一种不寻常的复杂状态中。我只有三个月可以活了——在那种日子里，所有步兵军官都认为自己只剩三个月的时间——却还没在世上留下任何印记。不过，如此强烈的野心无法被仅仅一场战争挫败。每周六的一点钟，当一周的工作都结束后，我会赶去军官俱乐部，在满是烟雾、人声和报纸翻页声的房间一角，连续花了三个月的周末时间，写下一篇十二万字的小说。我没有进行修改，也没有时间修改。我每写完一章，就寄给普林斯顿的一位打字员。

在此期间，我生活在这布满脏兮兮铅笔印记的纸页间。训练、行军和《步兵的小麻烦》都在朦胧的梦里。我全心全意扑在了写这本书上。

我加入陆军团时很高兴，因为我写完了一本小说。战争可以继续下去了。我忘掉了段落和五步格诗，忘掉了明喻和三段论。我当上中尉，接到了来自海外的命令——接着，出版商写信给我说，尽管《爱空想的自负者》是他们多年以来收到的最为原创的作品，但他们无法出版。作品还很不成熟，也没有给出任何结局。

我来到纽约是六个月以后的事了。我将自己的名片递给七位当地新闻编辑主任的助理小工，请求成为那里的记者。我刚刚二十二岁，战争也结束了，我想在白天跟踪谋杀犯，在夜晚写短篇小说。可是报社不需要我。他们差助理出来告诉我，他们不需要我。他们根据我名片上的名字发音就明确且毫无转圜地做了决定：我完全不适合当一名记者。

我转而成了一名月入九十美金的广告人，撰写那些让人在乡间有轨电车上消磨疲惫时光的广告标语。下班以后，我就写故事——从三月一直到六月。我一共写了十九篇，最快的一个半钟头就写完了，最慢的花了三天。没有人采用过这些故事，也没有人写私人信件给我。围绕我房间的横饰带[2]上，钉着一百二十二封拒稿信。我写电影剧本，写歌词，写复杂的广告方案；我写诗，写随笔，写笑话。到六月底时，我卖掉了一个故事，得到三十美金。

　　七月四日那天，出于对自我和所有编辑的极端厌恶，我回到圣保罗的家并通知亲戚朋友：我辞职回家，要写一部长篇小说。他们礼貌地点头，转移话题，谈及我时十分彬彬有礼。不过这一次，我知道自己在干什么。我终于有小说要写了。整整两个月的炎热日子里，我写作、修改、编辑、精减。九月十五日，《人间天堂》被特快专递取走了。

　　接下来的两个月里，我写了八个故事，卖掉九个。接纳第九个故事的杂志，和四个月前拒绝过我的是同一家。然后到了十一月，我第一次把自己的故事卖给《星期六晚邮报》的编辑。等到次年二月，我已经卖给他们六个故事了。接着我的小说出版了。接着我结婚了。如今，我总是时不时地纳闷，这一切都是怎么发生的。

　　用不朽的尤里乌斯·恺撒的话来说："这就是全部了，没有更多了。"

2　墙与天花板之间装饰用板带。

George Orwell

乔治·奥威尔

④ →411

我从很小的时候开始——也许是五六岁——就知道自己长大后会当作家。差不多在十七岁到二十四岁的那几年里，我努力想要打消这个念头，但我很清楚这是在违背自己的天性，我早晚还是会安下心来写书的。

我是家中的次子，前后各有一个年纪相差五岁的姐姐与妹妹，而八岁之前，我很少见到我的父亲。由于这点以及其他原因，我多少有点寂寞，因此很快表现出一些令人讨厌的举止，在学校里变得不受欢迎。我当时会像其他寂寞的小孩一样，习惯于编造故事，与想象中的人物交谈。我认为，我的文学志向从一开始就与被孤立、被看轻的情绪交织在了一起。我当时就清楚，自己在文字上具有才能，而且有能力面对令人不愉快的现实，我想，我因此打造出了一片私密的天地，让自己得以从日常遭遇的失败中恢复过来。不过，我在孩童时期正经地——比如说，正经地酝酿过——写出来的内容却连六页都不到。我在四五岁时写下第一首诗，由我的母亲听写记录下来。我只记得诗里写到一头老虎，除此之外什么都记不起来了，那头老虎有着"椅子那么大的牙齿"——这样的形容还真是不错，不过，我认为这首诗抄袭了布莱克[1]的那首"老虎，老虎"。十一岁时，战争——也就是从1914年到1918年的第一次世界大战——爆发，我创作的一首爱国诗歌被发表在了本地的报纸上，两年后，一首有关基奇纳[2]之死的诗歌再次登上了报头。长大一点之后，我偶尔会以乔治五世时期的风格写下一些糟糕而且往往半途而废的"自然诗"。我还尝试写短篇小说，结果自然惨败收场。这就是我在那些年里真正写下的自认为正经的全部内容。

尽管如此，我在这段岁月中确实在某种意义上从事着与文学有关的事务。首先是那些按照规定完成的任务，我完成得既迅速又轻松，但写这样的内容并不会令我感到愉快。课堂作业以外，我还偶尔创作半带滑稽的诗歌，当时的写作速度在今天看来着实惊人——十四岁时，我效仿阿里斯托

---

1 即威廉·布莱克（William Blake），英国著名浪漫主义诗人，"老虎，老虎"出自他的代表作《老虎》。

2 即赫伯特·基奇纳（Herbert Kitchener），英国陆军元帅，在第一次世界大战初期起到重要作用，于1916年6月5日身亡。

芬[3]，在大约一星期内就写下了一整出韵律剧——此外，我还参与编辑校内杂志，其中既有原稿，也有样稿。这些杂志是你能够想象得到的最可怜也最可笑的东西，而当时我应对杂志时花费的工夫，比如今应对即便是最为廉价的报章杂志都要少得多。与此同时，在至少十五年的时间里，我一直都从事着另一种相当不一样的写作练习：持续不断地编造一个有关我自己的"故事"，像是只存在于我脑海里的某种日记。我相信，这在儿童与青少年中是较为常见的习惯。我在很小的时候曾经想象自己——比如说——是罗宾汉，我会幻想自己化身为激动人心的冒险故事中的英雄，可是，我的"故事"没多久就不再是这种朦胧的自我陶醉，而越来越像是在单纯描写我的所作所为、所见所闻。这样的故事每次都会在我脑海里逗留好几分钟："他推开门走进房间。一束昏黄的阳光透过棉布窗帘，斜斜地照射在桌子上，桌上有个打开了一半的火柴盒，旁边放着一个墨水瓶。他右手插在口袋里，穿过房间，走向窗户。一只玳瑁色的猫咪正在街头追逐落叶。"诸如此类。一直到差不多二十五岁我都有这样的习惯，那刚好是我尚未与文字真正开始打交道的全部岁月。尽管我得搜寻——也确实下了功夫——正确的字眼，但尝试进行这样的描述简直像是在违背我自己的意愿，更多的是屈服于来自外部的某种驱使。我猜想，这样的"故事"肯定体现了我在不同年纪时仰慕的各种作家的风格，但就我记忆所及，这些文字中都具有细致入微的描写。

到了大约十六岁，我忽然体会到了纯粹属于斟酌文字的乐趣，例如，文字的发音以及彼此的关联。《失乐园》中的这一句——

> 他正是这样在艰难危险的围绕中
> 奋勉、辛苦而前进，前进而奋勉、辛苦[4]。

3　阿里斯托芬（Aristophanes），古希腊喜剧作家。

4　上海译文出版社 1984 年版《失乐园》，[英] 弥尔顿著，朱维之译。

这些在现在的我看来已经不再如此美妙的句子，在当时却会让我感到战栗；将英语中的"he"（他）拼作"hee"更是平添一丝乐趣。至于那种对于事物进行描写的欲望，我早已了然于心。可以说，我已经清楚自己想要写作什么样的书——至少就当时而言，我确实是想要写书的。我想要写作恢宏的自然主义长篇小说，结尾惨淡，充满细致入微的描写与引人注目的明喻，书里还会有大量华而不实的段落，段落间的文字一部分是因为其本身的发音才会出现在那里。实际上，我完成的第一部长篇小说《缅甸岁月》——我到三十岁才写下这本书，但其实很早以前就已经开始构思——就特别像是一本这样的书。

我之所以交代所有这些背景信息，是因为我认为一个人若对作家的早期经历一无所知的话，是无法评价其动机的。作家的写作主题取决于其生活的年代——至少就我们这样喧嚣又充满变革的时代而言，确实如此——但早在开始写作以前，其会养成一种永远无法彻底摆脱的情感上的态度。毫无疑问，作家有职责去打磨自己的脾性，避免陷入某种不成熟的心境与偏执的情绪之中。然而，其要是完全舍弃自身早期受到的影响，那也会扼杀其写作的冲动。暂不考虑谋生的需求，我认为写作有着四种至关重要的动机——至少就散文写作而言是如此。每一位作家都或多或少具有这些动机，而个中的比例也会由于作家身处的环境，随着时间而改变。这些动机是：

1. 全然的利己主义。 想要显得聪明，被人提起，死后也受到纪念，对童年时斥责自己的成年人施加报复，等等。别欺骗自己这不算是动机——这样的动机其实非常强烈。作家与科学家、艺术家、政治家、律师、战士及成功的生意人——简而言之，各种顶层人士——一样，具有相似的品质。绝大部分人类不会极端自私，大约在过了三十岁以后，大家几乎都会彻底放弃独善其身的想法，转而以他人为先，或者被碌碌无为的工作掩埋。可是，仍然有一小部分具有天赋且相当恣意的人，坚决一辈子为自己而活，而作家就在此之列。我应当指出，严肃类作家基本上比记者还要自负且以自我为中心，不过他们对钱则没那么感兴趣。

2.审美上的热情。对于外部世界中的美具有洞察力，或者是——另一方面而言——对于文字及其正确的编排方式具有洞察力。对音韵彼此叠加产生的效果感到愉悦，对上佳散文的严密特质或者上佳故事的节奏感到愉悦。认为一段经历富有价值并且不应受人遗忘而想要分享。许多作家不太具有审美上的动机，然而，即便是小册子或者教科书的作者，也会被一些毫无功利价值的词句吸引，或者是对字体、行间距与页边距等有着明确的偏好。除了铁路指南这样基础的读物，任何书籍都无法逃脱审美上的考量。

3.传承历史的渴望。想要看清事物的本来面目，想要为了子孙后代查明事实真相并梳理清楚。

4.政治诉求——这里说的是尽可能广义上的"政治"一词。希望能让世界朝着某个方向前进，希望能让他人对于值得为之奋斗的社会，有所改观。话说回来，没有书会在政治方面完全不存在偏见。"艺术不应该与政治产生关联"这一主张本身就是一种政治态度。

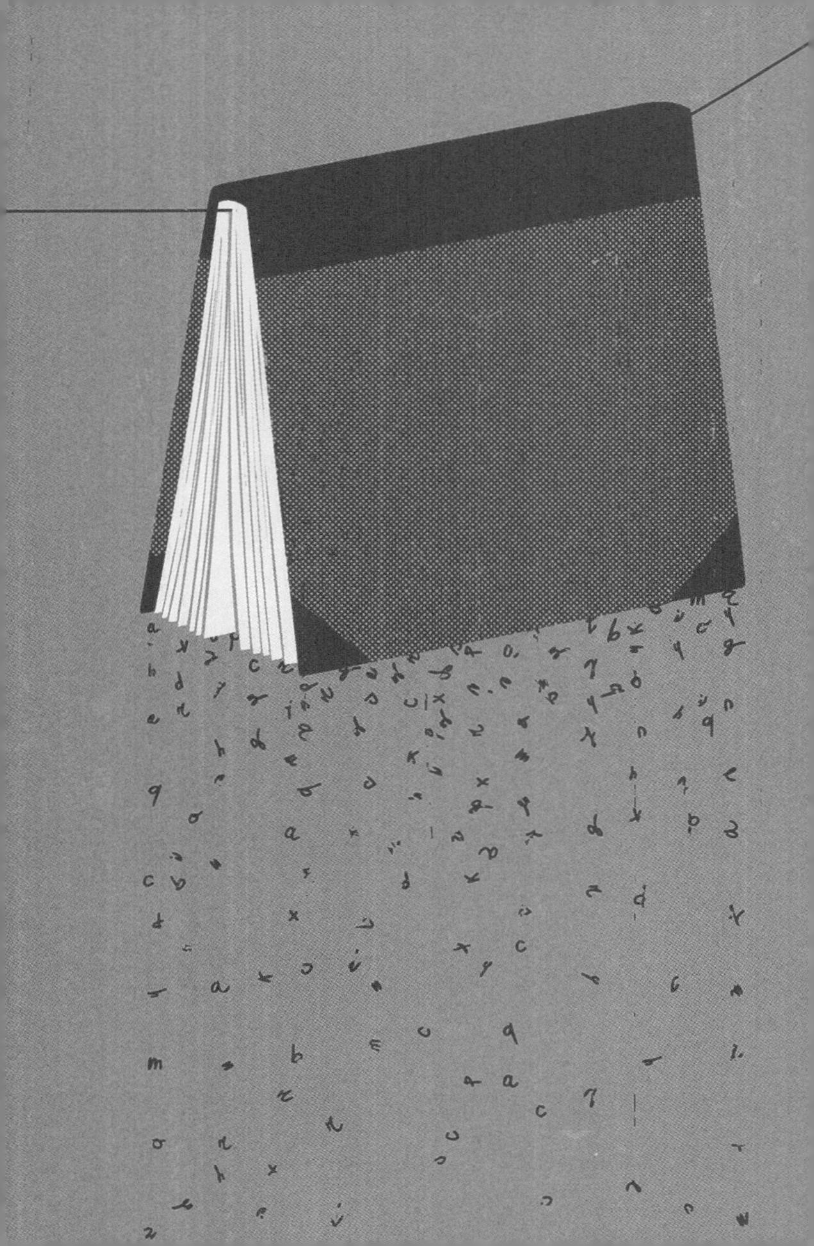

Methods and means
Getting down to it

方法和手段
认真对待

E.L. Doctorow

E. L. 多克托罗

计划写作不算写作。列提纲，做调查，和别人聊起你在做什么，这些都不是写作。写作就是写作。

Katherine Mansfield

凯瑟琳·曼斯菲尔德

② → 145

回过头来看，我猜我总是在写作。写的也有废话。但写废话或者别的什么、随便什么，都比什么也不写要好得多。

Neil Gaiman

尼尔·盖曼

③ → 297

你从白日梦里获得灵感。你从无聊中获得灵感。你一直可以获得灵感。作家与其他人的唯一区别在于，我们获得灵感时会有所察觉。

James Joyce

詹姆斯·乔伊斯

④ → 399

依我看来，一本书不应该有事先的准备，而是应该由个人的写作自行塑造而成，服从于——依我所见——一个人性格里持续的情感驱使。

J.G. Ballard

J. G. 巴拉德

在我的职业生涯里，我自始至终都是每天写一千字，即便是在宿醉的日子里。如果你想把这当作职业，就要磨炼自己。没有其他办法。

John Keats

约翰·济慈

我已下定决心——永远不要为了写作本身或创作一首诗而写作，而是要用满载着多年沉思可能给予我的任何微小的知识与经验来写作。否则我就应该保持沉默。

David Foster Wallace

大卫·福斯特·华莱士

我在写作正经的作品时，会亲手用笔来写……第一、第二或第三稿总是会亲手用笔来写……我打字比手写要快很多，但手写在某种程度上能让我慢下来，这样能帮助我集中注意力。

我得说，我从来没觉得酒精对文学创作有哪怕一点点帮助。我的经验可以证明，酒的效用，即所谓的作为创意工作的准备工作，会使作家对自己创作内容的品质失去判断，而不会让品质得到提升。

H.P. Lovecraft

H. P. 洛夫克拉夫特

④ →409

夜晚，当外在的世界溜回洞穴，留下做梦的人与自己相对，在任何不够安静或缺乏魔力的时刻没能出现的灵感与才能便会随之而来。一个人没有在夜晚尝试写作过，就不会知道自己是不是作家。

Arnold Bennett

阿诺德·贝内特

我现在好像平均每天会写两千字……只剩下一万三千字要写了。我不工作的时候，还是会一直惦记要写的内容。我会一边在森林里散步，一边为创作而烦恼，一天要走五到七英里……我五点四十五起床，九点半睡觉。

John Grisham

约翰 · 格里森姆

闹钟会在五点响起，然后我会跳进浴室。我去办公室只要五分钟时间。而我必须得去办公室，坐在桌子前，面对当天的第一杯咖啡和一本拍纸簿，在五点三十分写下第一个字。每周五天都是如此。

William Faulkner

威廉·福克纳

④ →371

阅读，阅读，阅读。阅读所有东西——垃圾、经典，好的以及坏的，看别人是怎么写的。就像木匠去当学徒，向大师讨教。阅读！你会理解的。然后去写。如果写得好，你会知道的。如果写得不好，扔出窗外。

Isaac Asimov

艾萨克·阿西莫夫

思考是我最喜爱的活动，而写作对我来说，就是通过手指来思考。我一天可以写上十八个小时，每分钟打九十个字。我一天能写超过五十页。没有什么能够干扰我的注意力。你就算在我办公室上演一出狂欢大会，我都不会看上一眼——嗯，也许就一眼。

Henry David Thoreau

亨利·戴维·梭罗

① → 9

要趁有热情时写。农民在牛轭[1]上烧洞时，会迅速把用火烧热的铁放到木头上，因为每多等一刻，想要穿透（刺穿）木头，就会多一分难度。没有立即使用的话就没有用了。没有立即记录自己的思考的作者，就像是用冷掉的铁去烫一个洞，这样是无法激起读者的热情的。

1　牲畜戴在脖子上的大小适当的颈箍，用于防止走脱。

Tom Perrotta

汤姆·佩罗塔

① →25

我在早晨写作，这个时候，我的脑子还算清楚，咖啡也相对新鲜……我会坐在家中顶楼的一间小房间里。

我从几年前开始用钢笔，并对其造成的凌乱景象心怀感激。钢笔让写作变得像是一种体力劳动。

我得在自己的一天结束之前创作出点新东西来。

Alan Garner
阿伦·加纳

我写作时从来不会考虑读者，包括我自己在内。我也无法想象自己有能力这么做。文字总是会像具有生命一样自行出现，至少，这是我的主观感受。写作的内容会因此变得越发清晰。我已经学会保持耐心，而不是去搜寻。阿瑟·库斯勒的这句话可以作为总结："沉浸其中，然后等待。"

P. G. Wodehouse

P. G. 伍德豪斯

我只是坐下来一段一段地写，大约写上四百页。实际上，所有这些都毫无价值，但逐渐的，一幕衔接另一幕，有点像玩纵横填字游戏，找到线索，然后填进十字方格里，只有上下左右都通顺了，你才可以继续……我对长篇小说有完整的设想，在开始写作以前，我得准确知道自己要写哪些内容。

Georges Simenon

乔治·西默农

第一天开始以前，我就知道第一章里会发生什么。然后是一天又一天，一章又一章，我会想到接下来发生的内容。我开始写小说后，每天都会写一章，没有一天落下的。因为我会有紧迫感，我得跟上小说的节奏。如果，比如说，我病了四十八小时，那我就得舍弃之前的章节，而且不再回到这本小说里去。

Fay Weldon

费伊·韦尔登

我开始写作时用的是打字机，因为我以为其他作家就是这么写的——格雷厄姆·格林肯定如此。接着，我开始用毡尖笔，因为这样会让人在思绪和语言之间获得一点距离，帮助个人摸索出自己的风格，给形容词留有空间，让人在写下去的时候可以进一步引申。然后就可以判断出来，如果一样东西值得用形容词来形容，就值得写一整句话。

Amy Tan
谭恩美
③ → 277

我以前会说没有（我不写大纲），我觉得那是句谎话。我用某种方式写大纲——不是三年级老师教的那种。我有时会非常潦草地写下故事的整体结构，作为只有我能看懂的神秘笔记。我也会坐下来写概要——我想大概有三到十页。或者，我会写下个别章节的走向。这样做很有好处，因为我可以转去写下一部分，然后说：哦，我得加上这个或者那个。

Stephen King

斯蒂芬 · 金

你可以怀着各种不同的情绪开始写作，也许紧张不安，兴奋不已，满怀希望甚至充满绝望——为自己永远无法把内心和头脑里的东西全都写在纸上而绝望。动手写作的时候你可能双拳紧握目光如炬，准备迎头痛击报仇雪恨。也可能你动手写作是为了让某个姑娘答应嫁给你，也许因为你想以此改变世界。怎么开始落笔写作都可以，但不要轻易开始。让我再说一遍：决不能轻易在一张白纸上开始写作。[1]

1　人民文学出版社 2016 年版《写作这可事》，[美] 斯蒂芬·金著，张坤译。

Helle Helle

黑勒·黑勒

小说无法靠思考产生，而要靠写作。双手总是比头脑更聪明……我笔下的主角们往往在人生中随波逐流，明显没有目标；他们让自己被各种事情左右，接着忽然发现自己站在错误的街角，或者毫无计划地在某个陌生人的沙发上过夜——这样的描写反映出我写下这些人物的方式。严格意义上来说，为一本小说做准备，在我这儿是行不通的。为了开始写作，我需要一句好的开场，最好还有一句结束语。

Ernest Hemingway
欧内斯特·海明威

永远在你写得顺的时候停下来，在你第二天动笔之前，不要去操心。这么做的话，你的潜意识会一直运转。但要是你一直有意识地去思索、去操心，就会毁掉创意，你的大脑也会在开始写之前就变得疲劳。一旦你深入到小说中去，操心第二天是否能继续，这就变得跟操心不得不投入无可避免的行动一样懦弱。你必须继续下去，因此操心没有意义。要写小说，必须明白这个道理。写小说的困难之处在于完成。

Annie Dillard
安妮·迪拉德
② →165

一个人在一年中的某个季节会写得比在另一个季节时更好，塞缪尔·约翰逊把这种见解称为"奢侈带来的妄想"。另一种基于奢侈且毫无根据的妄想，是作家自己关于作品的感受。作家对于进展中的作品的看法与作品的实际质量，两者之间的关系既无法相互匹配，也无法相互颠倒。认为作品很了不起或者认为作品糟透了，这两种感觉都跟蚊子一样，应当被驱除、被无视或者被扼杀，而不应受到纵容。

Katherine Mansfield

凯瑟琳·曼斯菲尔德

② → 99

我有时会好奇，"放弃"这种行为是否是最为伟大——最为崇高——的行为之一……这"需要"真正的谦卑，而与此同时，也要对一个人自身必不可少的自由有全然的信赖。这是一种信念的表现。像所有伟大的行为一样，最后的时刻都是纯粹的冒险。这对于作为人类也作为作家的我来说都很真实。上天啊，要放弃、要踏进未知里，是多么困难啊。然而一种富有创造力的人生正取决于此，除此以外，也没有其他令人渴望去做的事情。

Leo Tolstoy

列夫·托尔斯泰

④ →375

我总是在早晨写作。我很高兴在最近得知，卢梭也是这样，早晨起床后会散一小会儿步，接着便坐下来写作。在早晨，人的头脑会特别清醒。最理想的思路往往会在早晨还没起床、散步中或散步后出现。许多作家在夜里写作。陀思妥耶夫斯基一直在夜里写作。作家体内必须有两种人存在——作家和批评家。那么，如果一个人在夜晚写作，嘴里叼着香烟，尽管创意工作能迅速进行，批评的部分则多半会被搁置，而这样就会非常危险。

Philip Roth

菲利普·罗斯

开始一本新书总让人不快。我的人物和他的困境还非常不确定，但它们又必须是起点。比不了解你的主题更糟的是不知道该如何处理这个主题，因为写小说无外乎就是后面这件事。我把开头打出来，发现写得一塌糊涂，更像是对我之前一部书不自觉的戏仿，而不是如我所愿从那本书里脱离开来。我需要有样东西凿进书的中心，像一个磁铁一样把所有东西吸引过去——这是我每本书最初几个月想要寻找的。[1]

1　人民文学出版社 2018 年版《巴黎评论·作家访谈 3》，美国《巴黎评论》编辑部编，陈以侃译。

Roald Dahl

罗尔德·达尔

当你写一本书时，就像走上一段很长的路，需要穿过山谷、翻过山岭和别的什么，然后你看到第一处风景，于是写下来。接着你走得又远了一些，也许来到山顶，看见了其他的风景。于是你把那些写下来，继续下去，日复一日，你看见了不同的风貌，实际却属于同一处山水。路途中最高的那座山显然就是书的结尾，那里会有最好的风景。当所有景致汇集到一起，而你得以回头看时，就会看到自己写下的所有内容都联系在了一起，而这会是一个非常非常漫长而缓慢的过程。

Ford Madox Ford

福特・马多克斯・福特

我会在坐下来写作之前就规划好每个场景，有时甚至是每一句对话，而且这种做法相当频繁。不过，除非我对自己将要写的地点在遥远年代中的历史有所了解，否则我无法开始写作。而且我必须知道——来自亲自观察，而非阅读——窗户的形状、门把手的类型、厨房的朝向、服装的材质、鞋履的皮革种类、给土地施肥的方法、巴士车票的种类。我也许永远不会在书里写到这其中任何一样东西。但要是我不知道他的手指是握住什么样的门把手关上门的，我将如何——令自己满意地——让我的角色走出门外呢？

Muriel Spark

穆里尔·斯帕克

④ →369

如果你想在某些问题上全神贯注，尤其是一些写作或文书工作，那你就需要有一只猫。独自和猫待在你工作的房间，我要解释的是，猫始终会跳上你的桌子，在台灯下心满意足地躺下。我要辩解的是，台灯的灯光会让猫非常满足。猫会躺下，会变得安详，这种宁静会得到所有的谅解。而猫的宁静会逐渐影响你。你坐在桌前，所有阻挠你集中精神的容易兴奋的个性都会平息，你的脑袋会重新获得曾经失去了的自制力。你不用一直盯着猫看。猫的存在本身就已足够。猫对于你集中精神的作用相当显著，非常不可思议。

Jack London

杰克·伦敦

不要赶在早餐前匆忙写完一个六千字的故事。别写太多。集中打磨一个故事，而不是把精力耗费在一打故事上。不要闲着等待灵感降临；拿一根棍棒去追赶灵感，就算没追上，你依然能得到某些与之非常相似的东西。给自己设一个"定额"，保证自己每天都完成这点"定额"，等到一年结束时，你将获得更多的文字。

　　向已经获得成功的作家学习技巧。你用的还会切到手指的那些工具，他们已经驾轻就熟了。他们发表作品，而他们如何写就的内在证据，就在这些作品里。不要等什么好心人来告诉你，自己去挖掘吧。

John Boyne

约翰·博恩

我二十多岁时还是个有抱负的作家，我当时有某样惊人的东西：一份实在的工作。我在都柏林的一家书店工作，每天五点起来，好在上班前写作。那之后的二十年里，我从来没有放弃这样的作息。最近我起得没那么早了，一般会在早晨七点半左右坐在桌子前。我在清晨时最有灵感、最乐观也最有激情。马尔科姆·布莱伯利在东英吉利亚大学执教创意写作硕士课程的最后一年时，我有幸上过他的课。我一直记得他的忠告：我们应该每天写作，"即便是圣诞节"。大多数时候，我都坚持这么做了。不写作的时候，我都不太清楚可以干些什么。

F. Scott Fitzgerald

弗·司各特·菲茨杰拉德

我越来越明了的是，一部长篇作品的完美结构或者修改时的出色理解和判断，与烈酒并不相配。短篇小说可以喝着酒写，但写长篇，你需要有能让自己把整个格局留存在脑海里的思考速度，而且要像欧内斯特〔海明威〕写《永别了，武器》那样冷酷地舍弃次要的情节。思考只要慢上哪怕一点点，就无法看到书的全局，而只能看到其中的个别部分；大脑也会变迟钝。要是我写《夜色温柔》第三部分时没有一直在喝酒，我付出什么都行。要是我有机会在完全清醒时再尝试一下，我相信，这其中也许会有很大的差别。就连欧内斯特都评论说，有些部分没有写进去的必要，而就我所知，身为大师的他的评价，可以拿来当作决定性的参考意见。

Richard Ford

理查德·福特

1. 和你爱的人，认为你当作家是个好主意的人结婚。
2. 不要有孩子。
3. 不要读关于你的评论。
4. 不要写评论。（你的判断总是会受到影响。）
5. 不要和妻子吵架，早上不行，深夜也不行。
6. 不要一边喝酒一边写作。
7. 不要写信给编辑。（没人会在乎。）
8. 不要诅咒同行。
9. 尽量把别人的好运看作是对自己的鼓励。
10. 要是你能忍受，什么都不要当回事。

Annie Dillard

安妮·迪拉德

② → 143

我写一本书时可不大像是陪伴一位垂死的朋友，要陪一整夜。我会在探视时间内对其患有的诸多失调症状怀着恐惧与同情进入房间。我会握住它的手，希望它能好转。

这样脆弱的关系眨眼之间就会有所改变。如果你落下一两次探视，创作中的作品就会对你产生敌意。

创作中的作品会变得凶猛，一夜之间就回复到野生状态。它刚刚被驯化，如一匹野马，你前一天刚套上笼头，今天就抓不住了。它是你囚禁在书房里的一头狮子。随着故事的发展，会越来越难以控制。狮子的力气会越来越大。你必须每天探访，对其重申自己的主人地位。如果你有一天没去，就会在打开门进入它的房间时感到恰如其分的恐惧。你壮起胆进入房间，举着椅子对这个东西喊道："辛巴！"

Will Self

威尔·塞尔夫

笔记本电脑太小了。我越来越讨厌电脑，于是搞了台可以像书一样合起来放到书架上的电脑。书桌的右边放着我拥有的两台好利获得牌 Lettera 22 便携打字机的其中一台——真是美丽的机器。打字机顶上放着我下一部小说《屁股》的打字稿。我的书是在笔记本中诞生的，然后被转移到便利贴上，便利贴爬上了房间的几面墙。墙中间乱七八糟的那堆便利贴（贴在了一张我的精神家园格雷恩岛的地图上）是各种短篇小说的想法、修辞、隐喻、笑话、角色等。我写书时，会把便利贴从墙上拿下来，贴到剪贴簿里，这就是窗户左边墙上的便利贴秃了的原因：那里曾经贴着《戴维之书》里的一些便利贴。我什么都没法扔掉。所有的。我以后会变得和那些怪老头子一样，生在垃圾堆里，在垃圾之间的缝隙里钻来钻去——不过，我对此并不害怕。

Emma Tennant

艾玛·田纳特

在遇到科幻作家迈克尔·摩考克以前，我常年将大量未完成的手稿塞到床底下，他告诉我："你不明白如何去组织内容。你有一百六十页书稿，可以分成四部分，贴上'角色介绍''角色发展'等标签。"他为我用彩色钢笔把一切都写了下来——对此我会永远感激——并且经常试图告诉人们，你必须变得十分谦虚而且要思考：这是我的一百六十页，我要把它分成几个部分，接下来也就不那么可怕了。如果你告诉自己："这是我最开始的十页，而在我最开始的这十页里，我必须介绍，比如说，一半的角色"，那你就已经有事可做了：在情境中介绍你的角色，展现出他们的模样。于是，这会自动引导你去思考接下来的发展。尽管这听起来既粗暴又幼稚，好像只适合孩子气的科幻小说，但这能让作家行动起来，远离堆积如山的白纸带来的隐隐的恐惧。这是能让你着手去做的通用公式。

Jodi Picoult

朱迪·皮考特

在孩子们成长期间，他们知道我会把他们放在第一位。这意味着，只要有可能，我的巡回宣传都是围绕校园演出、垒球比赛和舞蹈比赛的时间安排的。这也意味着，我总是会受到打扰。我写了八本书后，我的丈夫成了全职爸爸，他会和别人一起轮流开车接送孩子们上学放学、参加滑冰练习等。我因此得以整月整月泰然自若地参加巡回宣传；能够在学校下午二点四十五放学时依然工作，不被打断；能够毫不犹豫地去参加研究考察。我丈夫选择待在家里，这对我来说是无与伦比的馈赠——让我拥有不管什么时候想写就写的自由与能力。但有许多年，我不得不在照看孩子的日程中挤出时间来写作，这也使得我培养出非常严格的纪律。我写得很快，而且我也不相信写作瓶颈期，因为我从前都没有相信这个的余裕。当你有二十分钟时间，你就写——不管是不是垃圾，你尽管去写，之后再来改进。

Miranda July

米兰达·裘丽

我写长篇小说时会变得笨拙许多，会觉得自己成了更差劲的作家。我只要坐上一会儿或者用大约三天的时间，就能写出许多短篇故事，而且都没做许多修改。我不会写许多遍草稿，这让我觉得自己多少有点聪明，而且成了神奇历程的一部分。写长篇小说则不一样。我每天从办公室回到家会说："嗯，我还是很喜欢这个故事，就是希望能写得更好。"那个时候，我还没意识到自己写的是第一稿。而写出第一稿是最困难的一步。在那以后，就比较简单了。就好像我把培乐多彩泥拿在手里摆弄，而且可以一直玩下去——写一百万遍，改得面目全非，角色出现又消失，还能解决难题：这个东西为什么在这里？是不是应该直接删掉？然后我会意识到，不，那个东西会在这里，实际上是因为这是其中的关键。我喜爱这种类似于侦探的工作，会始终坚持信念，直到把所有问题都搞清楚。

Zadie Smith

扎迪·史密斯

1. 确保自己在小时候读许多书。在阅读上花的时间要比其他任何事情都多。

2. 长大以后，试着像个陌生人一样阅读自己写的东西，甚至再进一步，像个敌人一样去读。

3. 不要把自己的"职业"浪漫化。你要么写得出好句子，要么就写不出。没有"作家的生活方式"这回事。你留在纸页上的东西才作数。

4. 避开你的弱点。但也不要对自己说，你不能做的那些事情不值得做。不要用轻蔑来掩盖自我怀疑。

5. 在写作与修订一段文字之间留出适当的时间。

6. 避开派系、拉帮结伙和小团体。身处一群人中间不会让你写的东西变得比本来的更好。

7. 在一台断网的电脑上工作。

8. 保护好你写作的时间和空间。不要让任何人接近，即便是对你来说最重要的人。

9. 不要把名誉错认为成就。

10. 透过触手可及的任何一块面纱说出真相——尽管说出来。让自己听从于因为从来没有感到满意而产生的持久的悲哀。

Flannery O'Connor

弗兰纳里·奥康纳

我一直觉得有个和作家相关的迷思特别有害且不真实——关于"寂寞作家"的迷思。这一迷思认为作家是种寂寞的职业，由于——据说——作家处在一种敏感的状态中，其与周围的团体要么相隔绝，要么被捧在高处，要么被踩在脚下，饱受煎熬。这是种常见的老生常谈，是也许来自浪漫主义时期的遗留观念，是把艺术家看作受害者与反叛者的观念。

也许任何无须歌舞队表演的艺术都会在一定程度上被人浪漫化，但在我看来，这对作家——特别是对小说作家来说——尤其不好。因为在所有艺术活动中，小说家从事的工作，是其中最朴实无华、最具体也是最无法浪漫化的一种。我猜想世上有足够多真正受寂寞煎熬的小说家让这种迷思显得合理，但我们也完全有理由相信，这种情况是作家身上不那么值得钦佩的品性导致的，这些品性和写作这项职业本身没有关系。

除非作家已经完全发疯，不然其目标依然是沟通，而沟通，意味着要在团体之中交谈。

Joyce Carol Oates

乔伊斯·卡罗尔·欧茨

年长的作家对年轻的作家能擅自给出什么样的建议呢？也许只有那些他或她希望在许多年前有人会告诉自己的建议。不要气馁！不要斜眼看人，不要把自己和其他同行做比较！（写作不是赛跑，没有人真正"获胜"。让人满足的是努力的过程，很少是随之而来的回报——如果有回报的话。）再重复一遍，写出你的心声。

广泛阅读，不要感到抱歉。读你想读的东西，而不是别人告诉你应该读的那些。（正如哈姆雷特说的："我不知道什么'应该'不'应该'。"）沉浸在你喜爱的作家的文字里，读他或她写下的所有内容，包括最早期的那些作品。尤其是最早期的那些作品。在伟大作家变得伟大或变得优秀之前，他／她曾探索自己的风格，笨拙地寻找自己的表达方式，也许就和你一样。

为你自己的时代写作，要不然，专门为你的同龄人写作。你没有办法为"后世"写作——这不存在。你没有办法为一个已经逝去的世界写作。你也许会下意识地为某个不存在的读者而写；你也许会试图取悦某个不会被取悦的人，或者是某个不值得被取悦的人。

John Steinbeck

约翰·斯坦贝克

1. 抛掉那个你会完成的念头。忘记那四百页，每天只写一页，这会有帮助。然后等你完成的时候，往往会有惊喜。

2. 尽可能迅速地自由写作，把所有内容都抛到纸上。永远不要在写下全部内容以前开始修改或重写。还没完成就改写通常会成为不继续写下去的借口。这也会影响流畅性和节奏，只有在和素材有某种未察觉的关联时，这两样东西才会出现。

3. 忘掉那些广义上的受众。首先，这些无名无姓且面目不清的受众会把你吓死。其次，这不像在剧场里，广义上的受众是不存在的。在写作时，你的读者只有一个单一的读者。我发现，有时选一个人——一个你认识的真实的人，或者一个想象中的人——会有帮助，然后写给那个人看。

4. 如果某个场景或某个部分让你觉得难以驾驭，而你仍然想留着——先绕过去继续写。等全部写完了，可以回到这一段，接着会发现，让你困扰是因为它不适合放在那里。

5. 要当心，不要让一个场景变得对你来说太过宝贵，比剩下的部分都要宝贵。你通常会发现这样的场景与其他部分会显得不协调。

6. 如果你运用对话，那写的时候就要大声说出来。只有这样，才能具有说话的语气。

Hanif Kureishi

哈尼夫·库雷西

成为作家的条件之一，就是具备忍受并且享受孤独的能力。有时，你从桌子前站起来，会觉得自己的内在世界比真实世界更有意义。而孤独——所有重要的创意与脑力工作的必要条件——是学不来的，也算不上是人们必须经历的一种锻炼。因为忽略他人会让人感到内疚，人们往往避免去经历这种自身所需的孤独。可是，与自己交流，忘却时间，冷静地去探索内心世界，这些都非常必要。这可以让人消化并理解自身的经历，审视那些初具雏形、还不太看得清的模糊的直觉，让内心不受干扰地经历所需要的转变和考量。这样的孤独中也许会有无助。你也许会想起太多感受，会有那么一段时间无法看清有哪些创作的可能性。

　　写作的孤独不同于寂寞或与世隔绝。当文字涌出，你的自我便不复存在，你的担心、疑惑和不置可否都会被放到一旁。你不再有自我去体会寂寞。但这种孤独会被错认为寂寞。你可以欺骗自己，认为自己能从想象中获得需要的一切；认为自己创造出来的人物、那些走来走去的角色，会提供真实的人类能够提供的一切。某种意义上来说，你对自己的艺术创造索要得太多。你得学会将这些区分开来。就这点而言，写作或者成为作家，就像是性行为，不管你有什么学问、有怎样的亲密关系，都存在着某种范例。

Jonathan Franzen

乔纳森·弗兰岑

③ → 285

我每次都觉得下一本小说最难写。一部分是因为我自己有所期待，感觉随着自己变得更熟练，写起来也应该更容易才对。但每当我开始写一本小说，都觉得自己好像从来没写过——不得不重新寻找、重新创造整个过程。这跟打网球很相似：在有些日子里，我来到球场上，会觉得球拍像是自己这辈子碰也没碰过的尼安德特人大头棒。我对于自己没能力成为职业小说家带有一定程度的自豪感。但在日常生活中，这让我极其苦恼……我的任务一直是要塑造一组角色，我要足够喜爱这些角色，让他们去经受折磨，但折磨中要是没有爱，就显得太残忍了。要完成这样的任务只有通过试错，没有别的办法：许多断断续续的开头，许多我差不多刚写好就觉得无聊到没法阅读的笔记。这让人沮丧到难以置信，但我还是没有找到一种更迅速的工作方式。

呈现出一个世界，在于允许自己强烈地去感受微小的事情，而不是去了解许多信息。因此，我工作时得把自己隔离在办公室里，因为我很容易分心，而现代生活已经变得极其让人分心了。干扰无孔不入，尤其是通过互联网。而涌进来的绝大部分都是毫无意义的杂音。为了能听见世界上真实发生的事情，你要屏蔽99%的杂音。剩下的1%中仍然有很多信息，但也没多到让你对将其改造成有意义的故事这件事不抱希望。

H.G. Wells

H. G. 威尔斯

③ →233

我写完会再重写。如果想要达到效果，在我看来，要做的第一件事就是把脑袋里想到的东西直接写下来——那些空洞无物的感怀——由此对其形态有所了解。在这段最开始的进程中，一个人毫无疑问能在一天里写出好几千字，也许有七八千字。但当这些全部完成以后，得连续花上七八天时间来彻底揉碎了再拼凑整齐。

《隐形人》中空洞无物的部分，我写了超过十万字。最终成型的作品有五万五千字。我首先想到的依然是把小说继续缩短。

我以前对于这种方法感到非常难为情。我觉得这完全说明了自己力有不逮，没有办法写得更达意。过程是这样的：

1. 烦恼，困惑。

2. 检验这个想法，尽量解决这个问题：这个想法好不好？

3. 丢掉这个想法，再想一个；最后再绕回来，也许是回到第一个想法。

4. 接下来应该是一个糟糕的开头。

5. 带着不得不实现的觉悟，牢牢抓住这个想法。

6. 然后是写出空洞无物的内容，这部分我已经讲过了。

7. 重新读一遍，把你认为关键的段落摘出来，把这部分重写一遍。

8. 之后用打字机打出来，剪碎了，这样就必须重新键入。

9. 你为劳动成果找到发表途径后，抓住机会把整部作品再润色一遍。

Paul Beatty

保罗·贝蒂

其他人是怎么做的？他们是怎么写的？有没有更简单的方式？不，抱歉，没有什么戏法。你能做的只有把屁股放到椅子上去。

我在纽约曼哈顿有一间小公寓，卧室里有张桌子，那是写作的最佳地点。我觉得就纽约而言，那间公寓大小正合适，我在那儿工作了那么久，已经习惯了。我在那里住了近二十五年，其实已经太久了，但要我做出改变则相当困难。那里一点风景也没有。屋子挨着马路，马路上有个消防站，对面有一幢巨大的建筑。房间很窄，乱七八糟的，墙上什么也没有。我有根蜡烛。不，蜡烛我是开玩笑的。一切都很简单：我不举行任何仪式。

我倾向于在早晨写作，有时也在晚上，我脑袋能平静下来的时候就会写作。我要是工作，就每天都工作，五分钟或者五小时，这取决于我身在何处。我要是卡住了，就会停下来，去散个步，可能去购物。也许会有半截思路能将我引向我需要的某种想法，但这并不会经常发生。有时我要是卡住了，会播放一点音乐，但这不频繁。我有一些反复会听的音乐，但这很私密，抱歉。我不想让任何人嘲笑我的音乐品位。我把其中一些写进了《背叛》里。

我回过头去看，翻开一部分通读，一点一点地编辑。除非这部分变得与我想要的样子相当接近，不然我没法写下去。可能是五页、十页——在我能喘上一口气以前，会一直改下去。没有什么特别的东西能让我超常发挥。有时你会让自己惊讶，那像是在掷骰子：你只有继续再继续，然后在某一个时刻，好运就会降临。

189

Kate Chopin

凯特·肖班

我在八、九年前开始写故事后——那些会刊登在杂志上的短篇小说——随即便开始猜想自己喜欢写作。公众也有这样的印象，还称呼我为作者，自那时起，我已经写了许多短篇小说和一两本长篇小说，不过，我得承认自己并没有写作的爱好。但要让喜欢提问的人们相信这一点却很困难。

"你是如何、在哪儿、什么时候、为什么写作，写的又是什么？"这是我记得的其中一些问题。我如何写作？膝板上放一叠纸，一支笔尖粗短的钢笔，街角杂货店买来的一瓶城里最好的墨水。

我在哪儿写作？我坐在窗边的安乐椅上，可以看到几棵树，一块多少有点蓝的天空。

我在什么时候写作？我非常想在这儿用玩笑话来回答"只要我有空"，但是这么说会让我的这点自信显得有点轻率，如果可能的话，我还是希望能保持自身的严肃性。因此我会说，我在早晨写作，只要没有复杂的图案把我难住；在下午写作，只要那种想给旧桌腿上一种新型家具抛光剂的念头不是那么难以抗拒；有时还在夜晚写作，尽管当我上了年纪后，越来越相信夜晚是用来睡觉的。

"你为什么写作？"我经常问自己这个问题，却从来没有得出满意的答案。故事写作——至少对我来说——是将搜集到的天知道是哪儿来的想法自发地表达出来。为了追根究底而写下一个故事的冲动，就好像为了嬉戏而把一朵花撕成碎片。

我写的是什么？嗯，我不会把脑袋里冒出来的所有事情都写下来，但写的许多内容都已经在书的封面与封底之间了。

Anthony Trollope

安东尼·特洛勒普

③ → 265

每天早晨五点半坐在桌子前是我的做法；对自己毫不留情也是我的做法。有位老男仆的工作是叫我起床，他完成这项职责能从我这儿每年多拿五法郎，而他也对自己毫不留情。在沃尔瑟姆克罗斯的那些年，他尽职尽责地端着咖啡来叫醒我，没有迟到过一次。我能取得成功，比起感激其他人，更应该感激他，我觉得我这么想没什么不对。在那个钟点开工的话，我能在更衣用早餐前就完成文学创作。

我认为所有以文学创作为生的人——日常从事文学工作的人——都会赞成，每天三小时就足够创作出一个人应当写的东西。不过如此一来，就应当锻炼自我，这样才能在那三个小时内连续不断地工作——应当训练自己的头脑，直到不再需要空坐着啃笔、凝视面前的墙壁，才能找到用来表达想法的词汇。

这在当时已经成为我的习惯——如今依然是我的习惯，不过近来我对自己仁慈了起来，我会将手表放在面前写作，要求自己每十五分钟写下二百五十个字。我发现，写下二百五十个字的时间已经和钟表走时一样规律了。但我的三个小时并非全部用来写作。开始工作时，我总是先阅读前一天写下的内容，这项任务会花去半个小时，主要是用耳朵来衡量单词和短语的音调。我强烈推荐写作新手使用这种方法。

作品写完后理所当然需要进行朗读——在我看来，付印之前理所应当至少读上两遍。作家在重新开始写作前朗读刚刚写完的内容，可以掌握之前写作的语调与情绪，避免读起来相差太多的毛病。这样分配时间，能够让我每天写下常规小说超过十页的体量，如此坚持十个月，每年就能写出三本小说的体量。

Haruki Murakami

村上春树

① →73

清晨五点起床、晚上十点之前就寝，这样一种简素而规则的生活宣告开始。一日之中，身体机能最为活跃的时间因人而异，在我是清晨的几小时。在这段时间内集中精力完成重要的工作。随后的时间或是用于运动，或是处理杂务，打理那些不需要高度集中精力的工作。日暮时分便优哉游哉，不再继续工作。或是读书，或是听音乐，放松精神，尽量早点就寝。我大体依照这个模式度日，直到今天。拜其所赐，这二十几年工作顺利，效率甚高。只不过照这种模式生活，所谓的夜生活几乎不复存在，与别人的交际往来无疑也受影响。还有人动怒光火，因为别人约我去哪儿玩呀，去做什么事呀，这一类邀请均一一遭到拒绝。

只是我想，年轻的时候姑且不论，人生之中总有一个先后顺序，也就是如何依序安排时间和能量。到一定的年龄之前，如果不在心中制订好这样的规划，人生就会失去焦点，变得张弛失当。与和周遭的人们交往相比，我宁愿优先确立能专心致志创作小说的、稳定和谐的生活。我的人生中，最为重要的人际关系并非同某些特定的人物构筑的，而是与或多或少的读者构筑的。稳定我生活基盘，创造出能集中精力执笔写作的环境，催生出高品质的作品——哪怕只是一点点，这样才会受更多的读者欢迎。而这，不才是我作为一个小说家的责任和义务，不才是第一优先事项吗？这种想法今日依然未有改变。读者的脸庞无法直接看到，与他们构筑的人际关系似是观念性的。然而我一仍旧贯，将这种肉眼看不见的"观念性"的关系，规定为最有意义的东西，从而度过自己的人生。

"人不可能做到八面玲珑，四方讨巧。"说白了，就是此意。[1]

1　南海出版公司 2010 年版《当我谈跑步时，我谈些什么》，[日]村上春树著，施小炜译。

Toby Litt

托比·利特

反正你写下的所有东西都得用打字机打出来，为什么还要用钢笔或铅笔呢？（我的答案就是这个：用钢笔或铅笔写，因为你写下来的东西之后会用打字机打出来。）

对前几代的众多作家而言，从手稿变成打字稿的三重时刻是一种极好的思考。之所以是三重，首先，这是通过打字来重新阅读原始文字。我将其称为重新阅读，但其实，这也许是这些文字第一次被阅读而不是被书写。

你用打字者的眼光——比如，你翻看笔记本或者 A4 纸，信封背面或者沾着墨水的手掌——做出微小的决定和修改。我真的要用打字机打出所有这些吗？这些字我是不是明显写错了，或者写得太匆忙，字眼选得不好？而且，你甚至在此之前就会产生疏离感：这是你把自己写的东西当作别人写的来阅读的最佳时机。

其次，这也是打字本身的时刻，接连不断的句子——在无名指击打句号、拇指敲击空格以前，会长时间地一直继续下去——开始显得让人难以忍受，要么是段落中以"s"开头的字出现的次数（我才刚刚注意到），要么是在四行里用了六次"什么"和"那个"。这是又一种自我审查的时刻。

第三，这是将非常规页数换算成常规页数的时刻——你向后翻了一页又一页，最后看一眼，意识到某个场景持续了五页，这些真的需要写上五页吗，而在你现存的记忆里，还没有写任何对话呢。

也许还有第四种时刻，这是你把打字稿看作出版物的时刻。

另外，如果你用手写，你最开始写的时候就想好了会打出来，而不是在打字的时候想着反正之后能够删掉。

这些都是截然不同的工作方式。如果你很懒——我们中的绝大部分人都这样——你不会想要重新用打字机打出多余的词句。所以，运用手写的方式，可能已经让你的第一稿变得更好了……

Hilary Mantel
希拉里·曼特尔

你在内心准备开始写一本书时，在纸上写下任何东西以前，会冒出许多想法。你也许会找到一个感兴趣的地点，脑海里冒出一个名字——或者是一句短语。捕捉到这些思考很重要。我会带着小型笔记本，可以很方便地撕下纸张；或者会带3英寸×5英寸的索引卡片。我会尽量写下每一个想法，关于这本书将会成为什么样子的每一种模糊感觉，即便只有一个字。

当我有了几张这样的卡片，就把它们钉到软木上去——我工作的房间里有一块布告板。在这个阶段，你不会知道什么是重要的，重要的部分以后会显现出来。你不会知道事件发生的顺序，不过你也不用知道。思路是围绕这些初步的感受、这些关键性短语构建的。也许我在其中一张卡片上写了别的什么东西，就几个字；或者，也许最开始的念头得到发展，促使我写下了一两段话。我就会把这些段落钉到相关的卡片后面去。

为数不多的字眼会开始繁殖——有时会有好几百字的产物。我会把它们都保留在布告板上，直到有一天我发现，一种顺序、一种逻辑开始显露。接下来，我会按照我感觉中故事将会成形的顺序，重新将这些内容钉起来，就这么粗略地大致排列一下。再过几个星期，所有这些纸张——原始的卡片，以及所有在卡片后面累积起来的内容——都会被放进活页夹内。使用活页夹时，要将纸页交换顺序十分方便——你仍然还没有想好要让事件按照哪一种顺序排列。你可以添加纸页，调换纸页。不过，你现在可以开始看到这本书自己写了多少了。一些原始卡片后面的某些事件将会得到完整描述，而一些角色会拥有完整的个人经历、零碎的对话、外貌形象以及各自说话的方式。

如果给这些想法一个机会，如果没有过早地封死可能性，那它们很容易就会形成一目了然的格局，而且内容还会有所增加，我对此常常感到不可思议。这与其说是写作一本书，其实更像是栽培一本书的方式。

Jack Kerouac

杰克·凯鲁亚克

① → 35

现代散文的信条与技巧

1.在隐秘的笔记本上潦草书写，用打字机尽情打字，按自己高兴的来。

2.顺从于一切，坦率，聆听。

3.尽量永远都不要在你自己家以外的地方喝醉。

4.爱上你的生活。

5.你的感受会找到自己的表达形式。

6.内心要像个疯狂的无言圣人。

7.尽情吹奏，想多低沉就多低沉。

8.写你心底想写的无穷无尽的内容。

9.个体难以用语言表达的想象。

10.不要作诗，写事物本来的样子。

11.幻想中的抽搐在胸中颤抖。

12.在出神的凝视中，对你面前的对象心怀渴望。

13.打破书面、语法乃至句法的禁忌。

14.要像普鲁斯特那样，当个时间的瘾君子。

15.用内心的独白讲述世上真实的故事。

16.趣味最得意的核心是注视中的眼力。

17.为你自己的回忆和惊喜而写。

18.从顿悟的核心开始着手写，徜徉在语言的海洋中。

19.始终接受失败。

20.信仰生活的神圣轮廓。

21.努力把脑海中已然存在的完好思绪记下来。

22.停下来的时候不要想着如何措辞，而是要更好地看清画面。

23.记录每一天的日期，用它来装点早晨。

24.不要对自己的经历、语言和知识应有的尊严感到害怕或害羞。

25.写下你眼中的世界的确切模样，让世上的人去读、去看。

26.图书电影是用文字写成的电影，是美国式的视觉资料。

27.歌颂陷入阴郁又怪异的孤独中的人物。

28.书写狂热的、放纵的、纯粹的、来自内心深处的东西，越疯狂越好。

29.你一直都是个天才。

30.尘世电影的编导者在天堂获得资助。

C.S. Lewis

C.S. 刘易斯

这段时间逐渐形成了一套作息规律，从此以后在我心里成为一种原型，以至于我现在说"正常的"一天（并且悲叹正常的日子如此稀少）指的仍然是在布克汉姆时的作息表。如果我能随心所欲，我就会永远过我在那里过的日子。我会选择永远在八点整吃早饭，九点坐到书桌前，在那里读书写作直到一点。如果十一点的时候有人能给我拿来一杯浓茶或者咖啡，那就再好不过。出门一步，来一品脱啤酒，效果就差多了；因为男人不喜欢一个人喝酒，而你要是在酒吧跟朋友碰面，休息时间就可能要超过十分钟。一点整的时候午饭得在桌上摆好；最晚二点我就会在路上了。不跟朋友一起，除了偶尔的休息时间。散步与谈话是两样极大的乐趣，但是把二者合在一起却是个错误。我们自己发出的噪音把外面世界里的声音和安静一齐抹去了；而谈话几乎不可避免地会引向抽烟，那就只能跟自然拜拜了，单就我们的某个感官而言。唯一可以一起散步的朋友得和你有着完全一致的关于乡野的品位，包括那里的每个色调（正如我假期时在阿瑟身上找到的），一个眼神，一次驻足，至多是用肘轻轻一推，就足以让我们心领神会彼此的喜悦。散步归来应该刚刚好是上茶的时候，不能晚于四点十五分。茶点应该独自享用，我在布克汉姆的时候，只要科克帕特里克夫人不在家就是这样独自喝茶；诺克本人鄙视茶歇。吃东西和读书是相得益彰的两件乐事。当然不是所有的书都适合边吃东西边读。在饭桌边读诗不啻为一种亵渎。你需要的是那种八卦类的、杂乱无章、随处都能翻看的书。我在布克汉姆学会这样去读的书有鲍斯威尔、希罗多德的英译本以及兰的《英国文学史》。同样适合边吃边读的还有《项狄传》《伊利亚随笔》以及《忧郁的解剖》。五点就又该工作了，然后一直干到七点。接着，晚饭以及饭后是聊天时间，或者没人聊的话就可以来点轻松的读物；之后，除非你是要跟你的老伙计们混上一晚上（在布克汉姆我没有这样的机会），否则晚上十一点上床就没道理了。可是该把写信安排在什么时间呢？您忘了我是在描绘我跟科克一起时的幸福生活，或者是我但愿自己能过上的理想生活；而这种幸福生活的一个基本要素是你几乎不会收到信，永远不需要担心邮差来敲门。[1]

---

1 上海文艺出版社 2016 年版《惊悦：C. S. 刘易斯自传》，[英]C. S. 刘易斯著，丁骏译。

Geoff Dyer

杰夫·戴尔

这些年来，我遇到过几个有着理想工作条件的地方。比如说，意大利蒙特普齐亚诺的一个房间，有着可爱的木床和白色的床垫，可以从窗口眺望托斯卡纳的田园风光，阳台则曾经是与隔壁建筑连接着的一座小桥。或者是法国洛赞的一间屋子，房间俯瞰着一片小麦田，朝西坐着的话，桌子上的纸张便会在傍晚染上一抹红色。或者是我在巴黎波皮卡特街上的公寓，高至天花板的落地窗外就是侯葛特街，最远可以看到巴士底狱。

这些工作的理想场所的共同之处是，我从来没有在那里完成过任何工作。我会在桌子前坐下，心想身处的是"多么适合工作的完美环境"啊。接着我会远眺小麦田之上的太阳余晖，或者是笼罩在托斯卡纳日光之下的树林，乃至在侯葛特街上的暮色与车流中穿行的巴黎人。我会写下类似于"如果我从桌前抬起头，就能看见小麦田之上的太阳余晖"，或者"我的窗外：暮色中拥挤的侯葛特街"这样的几行字，然后，为了确保我写的内容准确捕捉到了这样的时刻与心境，我会再次抬起头，看向小麦田之上的余晖，或者是侯葛特街霓虹灯光下穿行的人群，再加几个"火焰般通红""霓虹灯"这样的词语。在此以后，为了让我能更好地感到这样的场景，我会放下钢笔，专注地凝视着风景，想到坐在这里写作完全是种浪费，我完全可以就这么看着或者被看——尤其是在侯葛特街，霓虹灯下匆忙赶回家的巴黎人会抬起头，看到桌子前沐浴在安格泡牌台灯黄色灯光下的人影——成为风景的一部分，但是，写作不会让人沉浸在真实的风景中，而是相反，会让人与之分离。过了没一会儿，凝视风景就会让我觉得无聊，我会从桌子前离开，在日落时分的麦田里走上一会儿，或者离开公寓，朝巴士底狱走去，使自己成为侯葛特街霓虹灯光下步行回家的人之一，可以抬起头看见安格泡牌台灯的光辉笼罩之下的空空的书桌……

换句话说，当我想到写作的理想条件，我会从没在工作的人，正在休假的人或者西西里岛陶尔米纳小镇上的游客的角度来看待事物。我总是会想到桌子前的那片风景，由此会忽略实际工作时，桌子前的风景其实叫人难以察觉，也会忘记在众多我不喜欢的句型里，最看不上的就是那种以"如果我从桌前抬头看……"开始的句子。理想的工作环境恰恰是尽可能糟糕的工作环境。

David Mitchell
大卫·米切尔

我们要停留在当下很不容易：我们的"猿心"会不断跳进过去的丛林与未来的森林里……

世界极其擅长让我们分心。我们这个非凡物种的大部分创造天赋，都被用来寻找将注意力从真正重要的事情上转移的新办法了。互联网——危害极大，不是吗？我觉得，在让人分心的无尽事物面前，保持专注很关键。你只有时间做一个差强人意的家长，外加一件其他事情。

对我来说，这件其他事情是：我得写作。我有几种方法来确保自己能赢得时间。

第一部分：忽略其他所有事情。

第二部分：变得自律。学会奔向笔记本电脑并打开。打开文档，不问自己是不是有兴致去写，不思考任何其他事情。直接打开文档，然后你就安全了。一旦文字出现在屏幕上，就变成了转移你注意力的东西。

当然，这不是分心——这是工作，而且写得顺利的时候会非常美妙。我很肯定其他更加自律的人可以不用匆忙赶着去做，但我不得不这样。你一旦觉得"好了，是工作时间了"，就去面对文字，你便能从所有其他寻求你注意力的事情旁匆匆走过。

第三部分：保留苹果的主页，因为那个相当枯燥。如果主页是你最喜欢的报纸的网站，你就完蛋了。

只要记住，这是你谋生的方式。出版社里真正勤劳的人们要靠你的下一本书来拿奖金、抚养孩子、还贷款。为了他们，你要避免徒劳地虚度年华。

当然，首要的是为了自己，也为了自己的书——但如果这样无法让你完成工作，记住，这不仅是你的生计，其他人也在承担风险。

这些就是我用来鞭策自己打开文档的一些方式。一旦执行，我就安全了，就达到目的了。

我确实觉得在保持专注、仔细观察与写作行为本身之间有某种关联。你越是练习真正地观察，越是能构建一幅令人信服的场景。你会变得习惯于审视物体、人物、光线、时间、心情与气氛之间的关系……我认为所有作家都会这么做。我不觉得自己在这件事情或任何事情上有过人的天赋，不过，要是洞察力和用人与物构建场景的能力之间有重叠的话，那这就是其中的联系。

Roberto Bolaño

罗贝托·波拉尼奥

既然我已经四十四岁了，那就来提供一些关于短篇小说写作艺术的建议吧。

1. 永远不要一次只着手写一篇短篇小说。如果一次只写一篇，那坦率来说，很有可能到死都在写同一篇短篇小说。

2. 最好同时写三五篇短篇小说。要是有精力，一次写九篇或者十五篇。

3. 要小心：同时写两篇短篇小说的诱惑和企图一次写一篇的诱惑一样危险，而且，更重要的是，这从本质上来看，就像是在镜子中映照出彼此的恋人一样会相互影响，产生致命的重影。

4. 务必阅读奥拉西奥·基罗加、菲利斯贝尔多·埃尔南德斯和豪尔赫·路易斯·博尔赫斯。务必阅读胡安·鲁尔福和奥古斯托·蒙特罗索。任何对这些作者有一定欣赏力的短篇小说作家都从来不会读卡米洛·何塞·塞拉或者弗朗西斯科·温布莱，不过，当然会读胡利奥·科塔萨尔和阿道夫·比奥伊·卡萨雷斯，但绝不会读塞拉或者温布莱。

5. 我要重申一遍，以免说得还不够清楚：无论如何，不要考虑塞拉或者温布莱。

6. 短篇小说作家应该要勇敢。承认这点是悲哀的现实，但事实就是如此。

7. 短篇小说作家通常会炫耀自己已经读过佩特鲁斯·波莱尔（约瑟夫-皮埃尔·波莱尔）。实际上，许多短篇小说作家都因为企图模仿波莱尔的写作而臭名昭著。这是多么巨大的错误啊！相反，他们应该模仿波莱尔的穿着。但事实上，他们几乎不知道关于他——或者泰奥菲尔·戈蒂耶、钱拉·德·奈瓦尔——的任何事情！

8. 让我们达成一致：阅读佩特鲁斯·波莱尔，打扮得像佩特鲁斯·波莱尔，但也要阅读儒勒·雷纳尔和马塞尔·施沃布。尤其是要读施沃布，然后接着去读阿尔丰索·雷耶斯，再从那里转去读博尔赫斯。

9. 说实话，埃德加·爱伦·坡的作品中，我们都有读不完的好东西。

10. 想一想第9点。思考，再仔细考虑一下。你仍然有时间。思考第9点。尽可能跪下来这么做。

11. 也要阅读一些其他作者备受推崇的书籍——比如说，朗吉努斯所作的《论崇高》（*Peri hypsous*，公元1世纪；英文版，1554年）；不幸与勇气交织的菲利普·西德尼所作的十四行诗，布鲁克男爵写下了关于他的传记；埃德加·李·马斯特斯所作的《匙河集》（1916年）；恩里克·比拉-马塔斯的《消失的艺术》（*Suicidios ejemplares*，英文版，1991年）；还有哈维尔·马里亚斯的《女人沉睡时》（*Mientras ellas duermen*，英文版，1990年）。

12. 阅读这些书，还要读安东·契诃夫以及雷蒙德·卡佛，因为两者中的其中一位是二十世纪最好的作家。

Rivka Galchen

丽芙卡·戈臣

每个人都有各自最行得通的古怪习惯。有些人最好就整天（甚至是在生命中的头四十年里）闲逛，跟人闲聊，然后一整晚不睡觉写到天明；还有些人喜欢一边听音乐，另一些人则把软木贴到墙上，想让生活变得更安静些。我想，纳博科夫会小题大做地写在那些小小的笔记卡上，特罗洛普则会继续那份递送信件的工作，只在清晨写作，在写作两本长篇小说的间隙只会休息十分钟，他用羽毛笔写得比任何使用超级快的电脑的人都多。菲利普·K. 迪克，我相信，他不止一次嗑药嗑得几乎不间断也不修改地写了四十天，最后写出了一本绝妙的小说（然而，对于我们大部分人来说，这样的条件甚至都没法让我们写出一封有条理的电子邮件发给妈妈）。因此我认为，人们会找到各自的方式，唯一的建议就是认真去寻找，即便"寻找"这件事本身从某种角度来说意味着不去寻找，或者别的什么。

然而对我来说，我拥护的差不多是那种相当无聊的生活，每天得有相同的习惯。既然在你最漫不经心的时候，生活中吸引人的事难免会多到疲于应对，那么，用警戒线为可靠性和重复性隔出一块地方来也不算坏主意。比如说：我知道自己早上写得最好，而我所在街区的咖啡馆早上七点半开门，在刚开门的时段去那里，为我写作的一天提供了些许条理性。我喜欢坐在咖啡馆里，边喝茶边吃两块饼干，意识到我的工作就是写作。写这本小说的大部分时候，属于我自己的时间到十点半就结束了，接下来我得去教课或者参加其他一些义务活动，但我仍然拥有不少时间。而且，那里很不错——没有互联网，没有音乐及一拨早晨的常客。这让我感到非常非常舒服。即便有一天我觉得自己没有思路，也不会让自己纵情沉溺在抑郁的情绪里，相反，我会试着写点差劲的东西，琢磨着这样也许会帮助我在其他日子里写出更好的东西来。对我来说，只有这样单调乏味的规律性能够让幽灵现身。而好的写作离不开幽灵（我觉得，为了让我喜欢自己写出来的东西，我得达到某种境界，让自己觉得这东西不像是我写出来的，而像是我抄录下来的。这听起来愚蠢到过时——我自己都觉得——但是你看，不知怎么的，这似乎仍然有点道理）。但我感觉，我不能就这么虚度生活，等待幽灵现身。相反，这其实和有些人会在家中的角落里放一个小小的神龛类似——我在南美洲的不同地区看到过很多类似的东西。你有了这样的小小神龛，用各种平淡无奇的方式照看它：除尘，每日焚香，偶尔奉上一杯白兰地、一支雪茄，或者任何看似会吸引幽灵的东西。神龛有时看起来一点也不像会有幽灵出没，但是这块空间已经做好准备，随便幽灵什么时候出没。所以，你看，这就是我对习惯的看法，就像是照看一个供奉时间的小小神龛。

Walter Scott
沃尔特·司各特

不过，坦白来说，我顺利完成的那些作品和章节，一律都是以最快速度写就的。当有人把其中写得更好的那些与其他部分进行对比并称赞其完成度高时，我便会求助于墨水与墨水壶，来证明那些完成得比较吃力的段落，写起来才尤为艰难。而且，不管是为了作者还是为了公众，我都对过多的耽搁所带来的有利影响持有怀疑。人应该趁热打铁，应该顺风扯帆。如果一位成功的作家不再站在舞台上，立即就会有人接替他的位置。如果一位作家歇了十年才出版第二部作品，他就会被其他人取代；或者，要是当时人才匮乏，前面说的情况没有发生，那他的名誉就会成为他自己最大的障碍。公众会期望新作品比前作好上十倍，作者则会期待其比前作畅销十倍，双方十有八九都会失望……

　　恕我不揣冒昧地说一句，任何靠想象力得来的作品，如果只是因为想获得一定数目的版税而产生，从来不曾——也从来不会——成功。因此，那些辩护的律师、战斗的士兵、开药的医师、讲道的——如果有这样的人的话——牧师，如果对自己的职业没有热情、没有尊严感，只是因为赏金、报酬、薪俸而工作，那他们就把自己的身份降到和机修工一个水平了。相应的，至少就其中两种有学问的从业人员而言，他们的专业服务被视为微不足道，他们受到人们的认可，并非因为对自身提供的服务有准确的判断，而是因为谢礼或别人自发的感谢。如果让一位客户或病人做一个实验，省略关于谢礼的这个小小仪式——这种仪式完全是他们之间的事——然后再留意有学问的那位绅士会如何看待这位客户或病人。同样的，文学创作的报酬也是这么回事。不管是什么阶层，没有任何心智健全的人会接受——或者应该接受——其付出的时间换来的合理报酬以外的奖赏，以及由于其付出的努力而得以存在的资金中，属于他的合理部分之外的钱财。彼得大帝在战壕中奋战时，获得的是普通士兵的工资；而贵族、政治家以及牧师这些当时地位最高的人们，并没有不属于和他们的书商结清账目……不管是君子、天才还是贤人，没有人会将纯粹的贪财作为首要目的——就更谈不上是唯一的目的了——去劳动。于我而言，发现自己相当擅长这件事并没有让我不高兴。在取悦公众的同时，我可能应该出于纯粹的喜爱而继续下去，因为我的感受与诸多热衷创作的人一样强烈——也许是所有天性中最强烈的一种——这种天性驱使着作者拿起笔，催促着画家拿起调色板，而这样做往往既没有出名的机会，也没有得到报酬的希望。也许，关于这点我说得太多了。我可能得为自己受到的指控开脱，可能得用和大多数人一样多的事实，来证明自己没有贪婪或唯利是图的性格，但我也没有因此而虚伪到否认寻常的那些动机，因为我身处的整个世界都在不懈地辛苦工作，付出安逸、舒适、健康乃至生命的代价。戈德史密斯提到的那个新颖的绅士协会每本杂志卖六便士，纯粹是为了自娱自乐。他们表现出来的超然不群并非来自我的影响。

Failing
Writer's block and other troubles

失败

写作瓶颈期和其他麻烦

Jorge Luis Borges

豪尔赫·路易斯·博尔赫斯

④ →377

我写过的
所有书都
只让我充
满后悔的
复杂心情。

Charles Bukowski

查尔斯·布考斯基

③ → 237

写关于作家的写作瓶颈期，这比什么都不写要好。

Samuel Beckett

萨缪尔·贝克特

尝试过。
失败过。
没有关系。
再尝试一次。
再失败一次。
更好的失败。

Stephen King

斯蒂芬·金

最吓人的始终都是你开始之前的时刻。从那之后，情况只有往好处走了。[1]

1　人民文学出版社 2016 年版《写作这回事》，[美] 斯蒂芬·金著，张坤译。

Samuel Johnson

塞缪尔·约翰逊

通读你的作品，然后，等你遇到一段自己觉得特别好的章节时，把它给删了。

H. G. Wells

H. G. 威尔斯

② → 187

你要是在一本书上感觉到困难，试着来点惊喜：选一个出乎其意料的钟点来攻克它。

Angela Carter

安吉拉·卡特

设定情节会有莫大的快乐。但写作和分娩一样痛苦。我扔掉的不仅是我的第一本小说，还有第二本。

Charles Bukowski

查尔斯·布考斯基

③ →225

什么都不做比做得糟糕要好。但问题是，糟糕的作家容易有自信，而优秀的作家则容易自我怀疑。

Gabriel García Márquez

加布里埃尔·加西亚·马尔克斯

① → 53

最困难的是开头的段落。我花好几个月的时间写第一段，一旦找到了，余下的就会来得非常容易。[1]

1　上海文艺出版社2015年版《巴黎评论·作家访谈1》，美国《巴黎评论》编辑部编，许志强译文。

Virginia Woolf

弗吉尼亚·伍尔夫

⑤ →455

因为艺术家生性如此，对自己的名声极其敏感。文学圈子不乏被毁灭者，皆因他们过分在意别人的看法。[1]

1　人民文学出版社 2013 年版《一间自己的房间》，[英] 弗吉尼亚·伍尔夫著，贾辉丰译。

Ring Lardner

林·拉德纳

许多年轻作家都会犯的错误就是在寄送书稿时装入一个贴好邮票、写好地址的信封，大到足以让人把手稿寄回来。这对编辑来说太难以抗拒了。

Washington Irving

华盛顿·欧文

我几乎（对我的作品）都不太满意；因为它们似乎并没有变成本来可以成为的模样。我经常希望自己能多出二十年时间，把它们一本一本从书架上拿下来，重新写过。

John Banville

约翰·班维尔

我常常会说起一个幻想中的情形：我走过一家书店，打了一个响指，用魔法把书架上所有我的书变成空白，这样我也许就能重新开始写过。当然，重来是不可能的。一个人写了就是写了，从此便无法摆脱。

Orhan Pamuk
奥尔罕·帕慕克
① → 27

如果在哪里受阻写不下去了（这对我来说也不是多严重的事），我就随兴之所至换个地方接着往下写。有时候我从第一章写到第五章，如果我写得不开心了，我就跳到第十五章接着写。[1]

1　上海文艺出版社 2015 年版《巴黎评论·作家访谈 1》，美国《巴黎评论》编辑部编，方柏沭译。

Maya Angelou

玛雅·安吉洛

我试图做的就是去写。我也许会把"猫坐垫子上，老鼠也想坐，猫不让"写上两个星期。那也许刚好是最无聊也最糟糕的内容，但我会努力尝试。当我写作时，我就去写。然后，仿佛缪斯女神被我的严肃感说服了，于是说："好吧，好吧，我来了。"

E. M. Forster

E. M. 福斯特

我相当确定自己不是个伟大的小说家，因为我实际上只能写出三个类型的人：我认为是我自己的那种人，会让我不耐烦的人，还有我希望成为的那种人。当你接触到真正伟大的作家，比如托尔斯泰，你会发现他们能把握所有的类型。

Eleanor Catton

埃莉诺·卡顿

我永远都无法理解那些说自己遇到写作瓶颈期的人。在我看来，对症的自然疗法就是继续阅读。实在是没有思路也不必感到紧张。我们要收获的灵感在本质上具有季节性。经过冬天，然后是春天，接着等待夏天让一切都变得成熟。我在充满创作灵感的冬天里相当快乐。

Gore Vidal

戈尔·维达尔

作家出了名的写作瓶颈期在我看来是虚构出来的。我觉得糟糕的作家肯定在写作上有很多困难。他们不想写。他们出于野心而成为作家。对他们而言，实际上没什么想要表达也不喜欢写作的时候，要在纸页上留下记号一定有非常大的负担。我不太确定自己要说什么，不过我无疑很喜欢制造词句。

Jane Austen

简 · 奥斯汀

我此刻最大的焦虑就是这第四部作品不应该让其他作品的优点蒙羞。不过，关于这一点，我要开诚布公地强调，不管我多么希望这部作品能取得成功，还是非常担心，对那些更喜欢《傲慢与偏见》的读者来说，这部作品会显得没那么风趣，而对偏爱《曼斯菲尔德庄园》的人而言，它又显得没那么理智。

J. B. Priestley

J. B. 普里斯特利

可能的话，最好别成为作家，如果你非要成为作家，那就去写。要是所有东西都让你感到绝望，要是出了名的"灵感"没有到来，你要去写。如果你是个天才，你要去制定自己的规矩，但如果你不是——而且可能性很大——那不管怀着什么样的心情，你都要坐到桌子前，面对纸页带来的冰冷挑战——去写。

Hilary Mantel

希拉里·曼特尔

你要是卡住了，就从桌子前站起来。散会儿步，洗个澡，去睡一觉，做个派，画画，听音乐，冥想，锻炼；不管你做什么，就是别拧在那里对着问题愁眉不展。但不要打电话或者参加派对；你要是去了，别人说的话就会大量涌入，取代你遗落的文字本来应该存在的位置。为这些文字开一个缺口，创造一个空间。要耐心。

Anthony Trollope
安东尼·特洛勒普
② → 193

一个人要怎样才能知道自己是否具备投身写作需要的品质呢？他尝试过，然后失败了；再次尝试，再次失败！有太多最后获得成功的人都失败过不止一次两次！谁会来告诉他关于他自己的真相呢？谁有能力来发现那种真相呢？严厉的人会毫无顾虑地将其打发到办公转椅上，温和的人则会向其担保，手稿中还是有不少优点的。

J. M. Coetzee

J. M. 库切

一个人可以把生活想象成艺术……可以分为两个甚或三个阶段。在第一阶段，你会发现或者向自己提出一个宏伟的问题。第二阶段，你不厌其烦地去解答这个问题。然后，如果活得足够长，你就到了第三阶段，先前那个重大的问题开始令你感到厌倦，这时，你就需要到其他地方去寻找答案了。[1]

1　译林出版社 2017 年版《此时此地》，[美] 保罗·奥斯特 /[南非] J. M. 库切著，郭英剑译。

Joe Dunthorne

乔·邓索恩

前几天有人向我问起作家的瓶颈期。作家的瓶颈期大致来说是不存在的。那是对于你正在写的东西写得是如此之差，你都不打算写完的一种表达方式。因此，这不在于瓶颈，而在于不愿意去坚持写完质量实在糟糕的内容。我感觉，你应该写完，因为这是写作不可或缺的一部分。就算你挖金子，也会筛掉许多垃圾。

Hanif Kureishi

哈尼夫 · 库雷西

写作不难的话，就没有意思了。要是太简单了，你会感觉自己还没有完全领会故事，而且遗漏了某些至关重要的内容。困难更有可能存在于作品本身之中——也是其理应存在的地方——而不是在某种个人危机里。我不确定在你年纪大了以后是否会写得更加流畅，不过你会变得不再如此害怕想象中的后果。你肯定得删掉很多东西，然后就能写下去了。

Ray Bradbury

雷·布拉德伯里

写东西写到一半，你脑子里变得一片空白，你的理智在说："不，就这样了。"你受到警告。你的潜意识在说："我不再喜欢你了。你在写我根本不在乎的事情。"你在谈论政治，你在谈论关心社会。你在写对世界有帮助的东西。让那些见鬼去吧！我写东西可不是为了对世界有帮助。如果刚好对世界有帮助，了不起。这可不是我写东西的初衷。我是打算好好找点乐子来着。

Martin Amis

马丁·艾米斯

有时候出现的情况是，你卡住了，而难倒你的其实不是你即将写的东西，而是你已经写下的东西里有什么不对劲的地方。你得回到那个地方去修改。我父亲描述过这样的过程，可以说，他仿佛温和又坚定地拉起自己的手，说："好了，现在，平静下来。你在担心什么呢？"接下来的对话是："嗯，其实，是第一页。第一页怎么了？"他会说："是第一句话。"接着他会意识到，阻拦住自己的其实只是一个很小的问题。

Amy Tan
谭恩美

② → 135

我花了三年写完《喜福会》里的三个故事，然后用了四个月来完成剩下的部分。我的下一本书用了一年半写出了草稿。完成写作需要的时间越来越久。写《沉没之鱼》耗费了相当长的时间，因为我得了病，有一阵子甚至连一个句子都写不了。一想到这本书会被出版，会有各种人阅读，加上其他一些原因，我在某个节点开始拖延，失去了勇气。我问自己，这是我想写的书吗？这是我打算出版并且让人看到的书吗？

Orson Scott Card

奥森·斯科特·卡德

写作遇到瓶颈是我的潜意识在告诉我，写下的东西里有难以令人信服或者不重要的内容。我的解决方式是回到之前的地方，把已经写过的某些部分重新构思一遍，这样可以让我在重写这一部分时，让内容变得令人信服并且有趣，然后我就能继续写下去。你永远无法靠强迫自己"写完它"来解决写作瓶颈，因为你还没有解决那些导致你的潜意识去反抗故事的问题，因此，这样做行不通——不管是对你还是对读者来说都是如此。

Tim Winton

蒂姆·温顿

写作一本书有点像冲浪……你大部分时间都在等待。而坐在水里等待挺愉快的。但你等待着的是地平线之上风暴的产物，它身在另一个时区，通常已经酝酿了几天，会以海浪的形式向外辐射。终于，海浪出现，你转过身，乘着这股能量朝岸边冲去。感受到这股动力让人愉快。要是你足够幸运，这也会让你感觉受到眷顾。身为作家，你每天出现在桌子前，你坐在那儿，等待着，希望地平线之上会有什么东西来临。然后你转过身，以故事的形式乘风破浪。

Ursula K. Le Guin

厄休拉·勒古恩

④ →385

新手的失败往往在于试图将强烈的情绪与念头写下来，却没有找到用来具体表达它们的影像，或者是不知道如何找到将这些内容联系在一起的字眼。对英语作家来说，不懂英语词汇和语法是相当不利的因素。对此的最佳治疗方式，我相信，是阅读。从两岁起学习说话并练习交谈至今的人们，会觉得自己理所应当已经懂得自己的语言；但他们了解的是口头语言，如果他们书读得少，或者读的都是低俗的东西，还没写过多少，那他们写出来的东西就跟他们两岁时说的话差不多。

Jonathan Franzen

乔纳森·弗兰岑

② → 185

尽管经历起来非常可怕，但我对写作瓶颈期有着崇高的敬意，而且我也学会了去仔细聆听它表达的内容。就我的经验来说，写作瓶颈期出现在我试图写自己还没准备好要写的东西，或者是我并非真正想要写作的时候。而除了尝试并且失败，我没有其他办法来发觉自己没准备好或者不愿意去写。

到了某个时刻，通常是经过数月的失败与挫折后，我被迫停下来，并且开始通过记笔记以及与信得过的朋友交谈来进行自我分析。我也许会在那时发现，我试图在写的是一个自己其实并不喜欢的人物，或者我想要用写作来达到别人的期待，要么，就是我没有做好心理准备进入我为自己标记出的情感领域。不管问题是什么，解决的办法永远是找回我去爱、去渴望、去取悦的方式。

Han Kang

韩江

我觉得语言是一种极其难以掌握的工具。有时候看起来简直没有可能。而有时候，它则能顺利传达我试图表达的内容，但把这种情况形容为成功不太准确，而且，这就好像我知道自己会失败，还是依然继续写作，因为这是我仅有的工具。这是种进退两难的无情处境，我想许多诗人都遇到过这样的局面。尤其是在《希腊语课》里，主人公无法说话，转而去写诗。一种语言中的每一句句子都蕴含着美丽与卑鄙，纯粹与污秽，真相与谎言，我在小说里探索这些内容时也更加直接。当文字的重量成为主宰后，有时就连发言本身都带有挑战性。尽管如此，我们还是要继续发言、写作、阅读。当我感觉自己难以驾驭写作时，就会休息一会儿。我说过自己已经写了二十年，但有时，我会中断一两年的时间。

F. Scott Fitzgerald
弗·司各特·菲茨杰拉德

我和生了病的猫单独待在褪了色的蓝色房间里，二月里光秃秃的树枝在窗前摆动，镇纸上印着一句讽刺的"生意兴旺"。我长在明尼苏达，有着新英格兰式的良知，最大的问题却是：

"我应该写完吗？还是回到前面？"

我应该说：

"我知道自己要证明某些事情，继续写下去的话，也许就能在故事里取得进展？"

或者是：

"这只是逞强——最好放弃，重新写过。"

后面一种，是作家不得不进行的最艰难的选择之一——在耗费一百个钟头去复苏一具尸体或者解开无数湿漉漉的死结以前，做出贤明的决定。这种测试可以用来判断此人是否算是真正的职业作家。在有些情况下，做这样的决定往往倍加困难。比如说，在完成长篇小说的最后阶段，尽管不用整部都丢弃，但需要将一个最爱的角色从头到尾整个去掉，还要尖叫着将半打与这个角色有关的上好片段一并删除。

Philip Pullman

菲利普·普尔曼

作家的瓶颈期……如果把每个句子里的"作家"一词去掉，用"水管工"来代替，那就可以省去好多哭哭啼啼的屁话。替换掉之后，你就知道这种说法有多不合理了。水管工有水管工的瓶颈期吗？你觉得水管工会在那天用什么借口不去工作呢？

事实就是，写作很辛苦，而你有时会不想写，你想不出接下来该写什么，而且你对这整件破事感到厌倦了。你以为水管工不会时不时地这么看待他们的工作吗？当然了，你会在有些日子里感到做事情不那么顺畅。你在这种时候能做的就是与之和解。我很喜欢作曲家肖斯塔科维奇在一位学生抱怨找不到自己第二乐章的主题时的回答。"不要在意主题！尽管写乐章！"他说。

写作瓶颈期是一个会对业余人士以及并没有严肃对待写作的人产生影响的问题。其对立面——也就是被称为"灵感"的东西也是这样，业余人士可喜欢它了。换一种方式来说：专业的作家是那种能在没有灵感时写得和有灵感时一样好的人。

Margaret Atwood
玛格丽特·阿特伍德
① → 79

失败只是大部分现实生活的另一个名字：我们打算完成的大部分事情都会以失败告终，至少，在我们自己看来是如此。

是谁把标准定得这么高，以至于当我们尝试乘着诗歌的无形翅膀一跃而过时，大都以毫无尊严地攀爬或狼狈地跌落泥地告终呢？谁说我们得不惜一切代价去取得成功呢？

而我自己的失败清单？那就长了。首先，我不会做针线活。我12岁时精心制作的那件不对称的黄色短外套？那件衣服让我看起来像个街头流浪儿，每次我穿着出门，我母亲都会把自己的眼睛遮起来。或许，你更想知道一些学业上的失败？我十二年级时糟糕的拉丁语分数，代数课的五十一分？或者是我学习按指法打字时的失败：这件事倒是对今后有所影响。

但这样子的青春期挫折还属于正常范围之内。或许，是某些更宏大的东西？一部失败的长篇小说？耗费许多时间，还蹚了许多步、胡乱写了好多东西，却一无所获；或者，就像纽芬兰人说的那样：屁股都湿了，却一条鱼也没捞到……

人们曾经说过，在哪儿摔倒就在哪儿爬起来。人们也说过：你能够从失败中学到的东西和成功中的一样多。

Edith Wharton

伊迪丝·沃顿

沃尔特·贝里给了我很大帮助。从来没有人比他批评得更严厉，但也从来没有人比他更尊重艺术家的自由。他教会我永远不要对自己的作品感到满意，但也永远不要让内心对自身创作的正确性持有的坚定信念，受到外界舆论的影响。我记得，当我出于抒情的狂喜奋笔写下《空谷芳草》的第一章后，不知道要怎样接下去写，于是我向他坦白了自己遇到的困难与挫折。他看完我写的东西，递还给我，简短地说了句："别去担心要怎么继续写下去，尽管把你想要说的都写下来。"这个建议彻底将我从不自然的预设计划的负担里解脱了出来，让我得以与我的故事一起向前冲，让每一个事件自行创造出下一个事件，并且只把小说家最基本的路标保持在视野之内——被选中的"事例"的内在意义。而当小说完成后，我记得他是如此一丝不苟地从语言的角度仔细研读，标记错误的句法与错误的隐喻，并对过度强调与不必要的重复一笑置之，他耐心地帮我检查新手会遇到的文字难题，却从不会干涉他认为非常神圣的部分：小说的"灵魂"，也就是（或者说，应当是）作家自己的灵魂。

Neil Gaiman

尼尔·盖曼

② → 101

以我的经验看来，作家的写作障碍非常真实。你会写着写着，忽然就卡住了。角色们不再讲话。你一直在高高兴兴地转录他们说的每一件事，他们却忽然坐下来，闭上了嘴。你突然就遇上了大麻烦。这确实会发生。非常真实。

这并不会同时发生在所有的创作之中（反正按我的经验来说是如此）。只不过是偶尔需要在一个项目上花一点时间构思，花一点时间呼吸。我的习惯是让自己始终都有两样或者三样其他东西可以写，因此，当这样的情况发生时，我可以直接去写能进行下去的其中一个……

关于写作障碍，我要说的另一件事情可能非常非常主观。我的意思是，在有些日子里，当你坐下来后，写下的每一个字都是废话。这很糟糕。你无法理解自己为什么要写或者要怎么去写，是什么让你产生幻觉或妄想，觉得自己会说出任何别人想要听的内容。你不是很确定自己为什么要浪费时间。如果说有任何你仍然能够确定的事情，那就是，当天写下的所有东西都是垃圾。我要指出的是，在那些天里（尤其是涉及截稿日期或其他事情的时候），我会继续写作。第二天，当我真正用心去看自己写下的东西时，我往往会一边看着自己前一天写的内容，一边想："这其实没有我记忆中的那么烂。我要做的是删掉这一行，移动那一句，这样差不多就能用了。其实没那么糟糕。"

Charles Dickens

查尔斯·狄更斯

④ →407

尊敬的阁下，

　　我已经看完了你的小说里第一卷的大半部分，其余两册故事中比较复杂的情节也都看了。

　　当然，你会收到我身为作家以及艺术门生的意见，对于这些意见，我绝不会宣称自己必定正确。

　　我感觉你野心太大，在如此无所不包的尝试中，尚未掌握关于生活或者角色的充分知识就来冒险。经验不足的证据到处都是，而你的能力远在你想象出来的情景之下，我在读到的几乎每一页里都能看见。要是你想在这一行碰运气，给这个故事找个出版商，或者是从这个故事里获得疲劳与苦楚以外的任何东西，都会令我非常惊讶。

　　面对像这样放在我面前的证据，我都无法完全让自己相信你拥有创作潜力。如果你没有潜力却依然追求一项没有感召你的职业，那就别无选择，只能当个可怜的人了。让我来给点忠告，你要对仔细塑造自我拥有耐心，如果你在更小的范围之内也无法让自己得到认可，则要有勇气去停止努力。你每天看看自己周围，有多少刊物是用来刊登各种类型的短篇小说的。看看自己是否能在这些较小的范围之内取得成功（我自己以前就已经实践过这些传授给你的内容），而与此同时，把你的那三卷东西放到一边去吧。

　　　　　　　　　　　　　　你忠诚的，
　　　　　　　　　　　　　　查尔斯·狄更斯

Jennifer Egan

珍妮弗·伊根

愿意写得非常糟糕（非常重要）。这并不会让你有什么损失。我认为人们对写得不好有种恐惧，这其中有某些十分原始的东西，比如"这么糟糕的东西是我写出来的……"，忘掉它吧！任其飘散，好东西会随之而来的。对我来说，糟糕的开头不过是之后写的内容的基础。这没什么。你得允许自己这么做，因为你不能期待自己能有规律地写作还每次都写得非常好。这种时候，人们会养成等待美好时刻的习惯，而作家的写作障碍，我觉得，就是从这儿来的。比如说，美好的时刻没有出现。你看，好的内容也许没有出现，但这可以让糟糕的内容出现。让它出现吧！我的意思是，当我写《塔楼》时，我写得相当糟糕。天知道有多糟糕。我给第一稿起的名字是《一部简短的糟糕小说》。我想："我怎么能失望呢？"

所以，尽管去写，并且要为你写了出来而感到高兴。你要坚持这种习惯。这就好像你要坚守住某个位置，以便在某些美好的东西真的要出现时，你能在场。

而接下来，一切都在于重写。重新考虑，重新探讨，然后重写。我觉得太爱惜自己的文字是种错误。我对批评也是同样看法。你不会被击败的！坚持这样做相当困难。所以，你要习惯！人们不会喜欢的。没关系！你会挨过去的。其实，这很糟糕。没关系。你会挨过去的！他们会说"不好"。你知道吗？每个人都被说过一千次"不好"。如果这实在是一件你无法忍受的事，那可能写作不适合你。

Alice Munro

艾丽丝·门罗

在有些日子里，我可以不停地写下去，感觉自己状态非常好，写的页数比平时都要多。然后，等到第二天早上醒来，我便意识到自己不想再写下去了。当我特别不情愿再去碰这样一篇东西，或者当我得逼迫自己继续时，我一般就知道是遇到了大问题。我通常会在写到四分之三的地方时达到某个临界点——这还算早的——感觉自己将要放弃这个故事。有那么一两天时间，我会感到极度抑郁，还会四处抱怨，接着会思考自己还有什么其他可以写的。这有点像一桩风流韵事：你和某个新认识的男人出门，想借此甩掉所有的失望与痛苦，但你其实根本不喜欢他，只是还没有察觉这一点。然后，我会忽然想起关于已经放弃了的那个故事的某些东西，想到可以怎么去写。但这似乎只有在我说过"不，这么写下去不行，忘掉吧……"以后才会发生。

但在有些时候，我做不到，于是一整天心情都非常差。我只有在这种时候会变得急躁。要是盖瑞跟我说话，或者一直在房间里走进走出，发出许多声响，我就会心烦意乱，为此发怒。要是他唱起歌来或做了别的什么，那就糟糕极了。我正试图想明白点什么，但就是一直碰壁，想不出什么办法来。我一般会这么思考一阵子，然后放弃。这一整个过程也许要一星期，花时间试图想明白、试图挽回，然后放弃，去想点别的什么，随后，通常是在那些出其不意的时刻——要么是在杂货店，要么是开着车——我又想出来了。我会想，哦，好吧，我得从如此这般的角度去写，我得删掉这个角色，而且，当然了，这些人没有结婚，诸如此类。巨大的改变往往很彻底……

我甚至都不知道这么做是否会让故事变得更好，但至少这会让我有继续写下去的可能性。这就是我说不认为自己有那种势不可挡的东西涌上来指挥我时的意思。我似乎只会去把握我想要写的那些带有巨大难度的东西。勉强把握住了。

George R. R. Martin

乔治·R. R. 马丁

　　你们想要我更新。我这就来更新了。你们不会喜欢的。《凛冬之风》没写完。相信我，我输入这些文字时并不高兴。你们很失望，失望的不单单是你们。我的编辑和出版方也很失望，HBO很失望，我的经纪人、国外的出版方和译者也很失望……但没有人比我自己更失望了。好几个月以来，我最想做的事情无非就是在二零一五年最后一天之前或当天，说出"我已经完成并递交了《凛冬之风》"。

　　但书没有写完。

　　明天，或者下个星期，也不太可能写完。是的，我还有许多要写。好几百页，好几十个章节（那些说我"一页也没写"的报道愚蠢至极，是我已经学会要去鄙视的互联网上常见的垃圾报道）。但还有好多要写。我还要写上好几个月……那还是假设写作会顺利的情况之下。（有时顺利，有时则不）当然，还有许多章节要写……而且还有改写。我经常会改写很多，有时只是在打磨，有时则是相当大的调整……

　　你看，我在按时交稿方面一直都有问题。无论出于何种原因，我都无法很好地遵守。十一月时，我回到西北大学去领取校友奖，我对梅迪尔的学生说，那就是我没有去找一份报社工作转而去写小说的原因。我在那个时候就知道，每天的截稿日期会杀了我的。当然了，那是个笑话……但这其中也有事实。我写第一部小说《光逝》时，没有出版合同，没有交稿日期。在我把完成的稿子交给科比去卖掉以前，没有人知道我在写长篇小说。我写《热夜之梦》时也是这样。写《末日狂歌》时也相同。没有合同，没有交稿日期，没有人在等待。我按照自己的节奏写作，写完了就交。那是真正最让我感到舒服的方式，即便现在也是如此。但我不会找借口……写完以后，就完成了。而且我会尽可能好好写的……

Anne Enright

安·恩莱特

我对失败没什么看法，取得成功才会让我难过。失败很简单。我每天都失败，我已经失败了好多年。我舍弃掉的句子比留下来的要多得多，我还丢掉过好几个月的成果，有整整几年都浪费在为错误的人书写错误的东西上。即便等到我被指引到正确的方向，写出了作品并最终得以出版，我对结果仍不满意。这么说不是矫情，但失败就是作家的工作，是作家的组成部分。你不可估量的雄心壮志是通过你小说里的好几千个单词得来的，里面的每一个字都要经过好几遍修改，而这需要你在很长一段时间里都保持镇定——或者忘掉你要保持镇定，忘掉这广大的世界和所有的焦虑，直接去写，一个字一个字地写。然后再重新写，让小说读起来更好。作家最伟大也最持久的爱是献给与他们朝夕相对的语言的。这也许不是让我们坐到桌子前的理由，但这是让我们坚持坐在那儿的原因，在二三十年以后，这份爱会让人习惯，让人感到快乐，成为人们生命中的必需品。

就是这样。所有这些都众所周知。长远看来，我们都会死去，而我们之中没有人会成为普鲁斯特。你必须认清，失败中90%是情绪，10%是自我预设的结果，而我们受其困扰的真相则并不重要。这其中的禅意是，成功与失败都是幻觉，这样的幻觉会让你无法坐到桌前，会糟蹋你的天赋，会侵蚀你的生活、你的睡眠以及你与你爱的人说话的方式。

这个与精神有关的观点的问题在于，成功与失败也是真实的。你能够完成一本真正的书，书也许能也许不能得到出版，也许能也许不能大卖，也许能也许不能得到评议，这其中的每一项真实事件都让写作、出版、销售下一本书变得更容易或者更困难。然后是下一本，再下一本。如果你坚持了下去，并且善于此道，你会得到荣誉和奖赏，会在街头被人认出来，你会在好几个国家的街上被人认出来，其中有几个都不是说英语的国家。会有一些脾气糟糕的混蛋说你的作品不仅仅成功，还很重要，或者会有几个脾气糟糕的混蛋在你临终以前就这么说了。这些事情都有可能发生，而且，不管你的作品是不是真的很好，或者依然很好。成功也许是实质性的，但也是一种情绪——不是你所感觉到的，而是公众感觉到的。这就是为什么我们渴望成功却无法完全拥有。这不是我们能把握的。

Lionel Shriver

莱昂内尔·施莱弗

与书本身有关的故事似乎注定会重复书里的故事。我的第六本小说《双重错误》于1997年被双日出版社非常高调地买下，但精装本却卖得非常差，结果平装本在好多年里都没有出版社愿意出价。这本书的核心是失败——作为一名苦苦挣扎的作家，我已经郁闷地成了这个主题的专家。读者们既渴望充满想象力的情节又渴望受到鼓舞，他们渴望主人公跨越看似难以克服的障碍，最终取得胜利。没有人想买一本关于失望的书。

然而大部分人都会失败。总体来看，我们之中很少有人会从事年轻时梦想的事业。实际上，成功的其中一个阴暗面在于其几乎总是排在倒数第二位，因此每一次成就都不过是将标准抬得更高。每一次新的成功都让我们无法企及的高度凭空出现，并由此缔造别出心裁的全新失败方式。我从来没有获得过诺贝尔文学奖，也许永远也不会得到。我的上一本小说离进入《纽约时报》十大畅销书排行榜只差46本书。书的大部分评价都很好，但也不是全部都好。要找到一个角度觉得我仍然失败真是轻而易举。

即便是日常小事，失败也司空见惯。我们的团队在酒吧的问答游戏里输掉了，我们在壁球游戏里惨败，工作面试很糟糕，或者是我们把二层面烤焦了，讲的笑话没人笑。以某种方式让自己失望在日常生活里是如此不可或缺的一部分，但这一主题在文学中却相当匮乏，真是叫人困惑。教人如何成功的励志书籍如此众多，我却从来没有见过一本教人如何与不成功抗衡——对几乎每个人来说，这种状态才更常见不是吗？

我痴迷于失败，这种要带着感恩之心去克服的历程，比体验成功困难得多。成功能让沾沾自喜的混蛋以外的所有人都表现出各种优点：慷慨大方、舒适自信，轻松有活力，欢乐又乐观。相反，失败会轻而易举地引出苦涩、怨恨、伤心、虚弱、倦怠、消极及自卑——这一切都相当丑陋。

然而，破除万难、失败得恰到好处还是有可能做到的——各种负面情绪伴随着失败倾斜而下，要从中站起身，不要让失望侵蚀我们真实的灵魂。众多了不起的人都让我大吃一惊。他们承受住打击——不，他们不会成为电影导演、知名艺术家或者亿万富翁企业家——到头来还是成了愉快、正派又仁慈的人。就情感上的成就而言，这比获得成功然后避免成为一个彻头彻尾的混蛋要厉害得多。

由于我在六本商业小说都没卖起来后终于出了本像样的畅销书，我作为小说家的事业轨迹，有时会被当作坚持不懈的例子。回顾从前，我不确定自己是否在那十几年里"失败得恰到好处"。我总是忧郁，也怀有属于我的那部分怨恨。不过，我想我还是每晚为伴侣准备了像样的晚餐，并不算是一个无情又糟糕的伙伴。我一直在写书，即便没有人会买。由于在最糟糕的那些年里，我在创作上很多产，这很容易让我将这段岁月浪漫化。那就不对了。

　　我确实觉得，过早获得成功的话，烦恼会比恩惠更多，而我的事业来之不易，这肯定对我有好处——不仅仅是作为作家，即便作为一个人来说也是如此。不过，那是一段忧郁的时光，我对一本又一本手稿燃起希望，随后又落空。这并不光彩。的确，在世界里为自己开拓出一小片天地后，我也许成了一个更加热情的女人，志气也更足，但这也许并非我的功劳。我们庆祝成功，满怀希望，并对决心致以敬仰。正因为如此，我们羞于承认的是，有那么一个时刻，我们会十分明了，自己一心想要达成的目标不会实现。那样的话，为什么还要不断去撞南墙呢？放弃也是有好处的。见鬼，也许还有"放弃得恰到好处"这么回事。

Junot Díaz

朱诺·迪亚斯

不是我不能写。我每天都写。我其实写得非常勤奋。早上七点坐到桌前，可以写足八个钟头，甚至更久。餐桌前、床上、厕所里、六号列车上、谢亚球场里，不管在哪里，我都在奋笔疾书。所有能做的我都做了，但没有一样起作用。在第一本短篇小说出版后不久，我便满怀希望开始创作这部长篇，却无法跨过75页这道坎。75页以后，我写的东西里没有一样读得通。一样也没有。要是最开始的这75页不怎么出色的话，那倒也没关系。但这几十页很出色，显得充满希望。要是我能直接转去写点别的什么倒也还好。但我做不到。我试图写下的其他长篇小说全都比这本卡住了的更差，让我更加苦恼的是，我似乎失去了写作短篇小说的能力。我像是莫名陷入了一个无法写作的迷离地带，找不到出口。那75页就好像一艘正在沉没的船，而我被锁链拴在了船上，既没有钥匙，也没法去修补船身的破洞。我写啊写，写啊写，但写出来的东西都不值一提。

想要谈谈顽固吗？整整五年，我一直都在坚持写这本小说。该死的五年。每天失败，就这样过了五年？我是一个相当顽固、相当铁石心肠的人，但那五年里的失败对我的心智造成了伤害，也对我个人造成了伤害。五年，60个月？我几乎快要被摧毁了。到第五年年底，也许是出于自救，想要摆脱绝望，我逐渐开始确信，自己已经写下了所有不得不写的东西，而我就是小职业球队联盟里的拉尔夫·艾里森[1]，是"老爹"华纳[2]成了爱德华·里维拉[3]，现在也许是时候为我的心理健康考虑，罢手去从事另一项职业了，要是灵感在未来的某一天再次降临……好吧，好极了。但我知道，我没法像当时那样继续下去了。我就是办不到。当时我和未婚妻住在一起（这段关系现在已经结束了，那是另一个可怕的故事），我无比抑郁、自我厌恶，我几乎无法正常生活……我把手稿收了起来。几百张失败的纸页全都收进盒子，藏到了壁橱里。我这么做的时候都哭了……

1　拉尔夫·艾里森（Ralph Ellison），美国非裔学者、作者。

2　即格伦·斯科比·华纳（Glenn Scobey Warner），美国著名橄榄球教练，被大众称为"老爹"华纳。

3　爱德华·里维拉（Edward Rivera），美国拉丁裔作家。

八月的一天晚上，无法入睡的我对于自己就这么放弃感到厌恶，但一想到继续写作，我又感受到更加巨大的恐惧。我把手稿翻了出来。我心想，要是我能在这些纸页里找到一处写得好的地方，我就继续写下去。只要有一个好的地方。就像抛硬币一样，我让这些纸页来决定。我一整夜都在读自己写下的所有东西，猜怎么着？还是很糟糕。实际上，新产生的距离让不足之处显得比我先前印象中的还要糟糕。是时候把所有东西都装到盒子里去了。也是时候转过身、迈着沉重的步伐进入新生活了。我当时以为自己没有勇气继续下去，但其实我还是做到了。当我的未婚妻睡着时，我把巨大的失败中依然有些价值的75页单独拿出来，坐在桌子前，尽管我身体的每个部分都在尖叫"不行、不行、不行、不行"，我还是再一次跳进了兔子洞里。奇迹并没有立即发生。经过了两年多的心碎和叫人失望的全然的迷惘，我那些年一直梦想的小说才开始慢慢有了眉目。之后又过了三年，我才得以从桌前抬起头，说出这十多年来想说的话：完成了。

简单来说，这就是我的故事。不是我如何开始写长篇小说的故事，而是我如何成为作家的故事。因为，实际上，不管是第一次下笔，还是完成第一本书（简单）或第二本书（很难）的时候，我都还没有成为作家。你看，我认为，作家之所以能成为作家，不是因为写得又好又轻松，不是因为有着惊人的才华，也不是因为能点石成金。在我看来，作家之所以能成为作家，是因为即便在没有希望的时候，即便你做的所有事情都显得毫无前途，你还是继续在写。一直要到那天晚上，面对着所有这些令人讨厌的纸页时，我才意识到——才真正意识到——我终究是个作家。

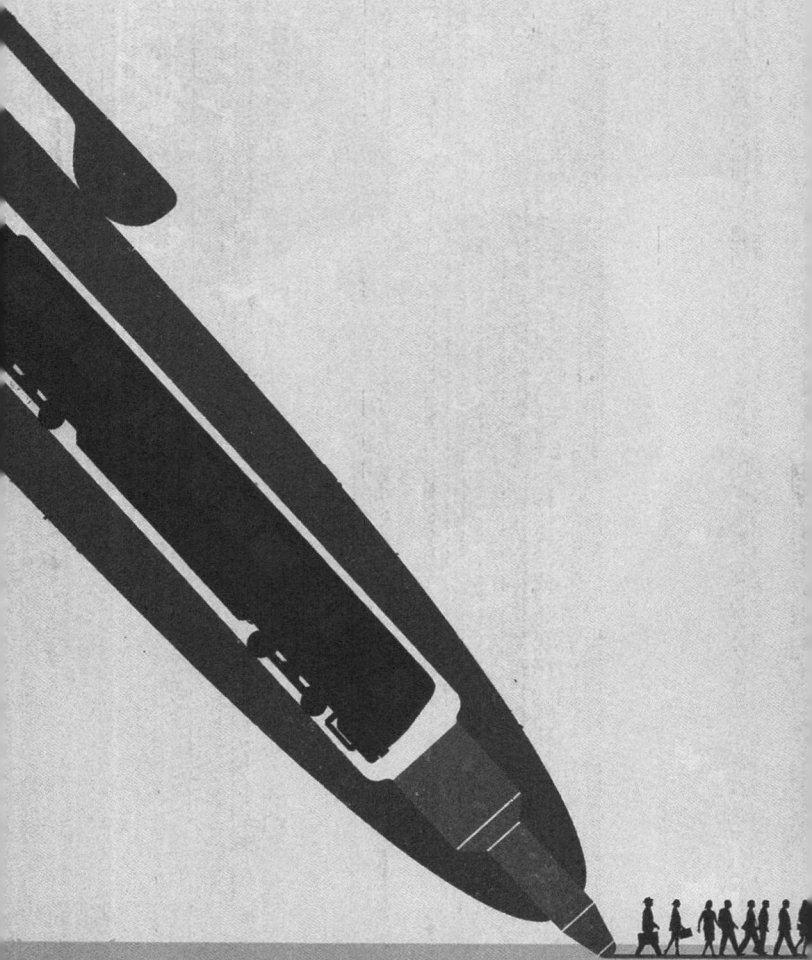

The art of writing
Searching for words

写作的艺术
寻找字眼

J. G. Ballard

J. G. 巴拉德

我确实觉得小说家应该像科学家那样，去解剖尸体。

Laurence Sterne

劳伦斯·斯特恩

写作，要是
管理得当，
不过是另一
个表示"交
谈"的词而
已。

Ford Madox Ford
福特·马多克斯·福特

你写一本小说时首先要考虑的是你的故事，接着是你的故事——然后还是你的故事！

Catherine Drinker Bowen

凯瑟琳·德林克·鲍恩

对于天生的作家来说，没有什么比意识到自己突然想出正确的字眼更治愈的事情了。

Oscar Wilde

奥斯卡·王尔德

⑤ →435

我整个上午都在修改其中一首诗的校样，然后去掉了一个逗号。等到下午，我又把逗号放了回去。

Jonathan Swift

乔纳森·斯威夫特

抹去，改正，
添加，完善
扩展，缩减，
在行间插入
要小心，构思失
败的时候，
挠挠头，咬咬指
甲。

Alan Garner

阿伦·加纳

② → 127

对我而言，写作本身并不是目的，而是一种手段，通过完成其中一些超出我表达能力的过程，来达成一个没有被察觉到的目标。

Thomas Hardy

托马斯·哈代

② →111

必须牢记，尽管现实主义并不这么认为，但其实最好的小说和其他形式的顶尖艺术一样，都更为真实，也就是说，比（原本的）历史或自然所能够表现的更为真实。

Herman Melville

赫尔曼·麦尔维尔

为了要写出巨著，就得选择大题材。跳蚤是永远也成不了一部又伟大又能流传久远的巨著的题材的，虽然已经有许多人尝试过了[1]。

1　上海译文出版社 2007 年版《白鲸》，[美] 赫尔曼·麦尔维尔著，曹庸译。

John Updike

约翰·厄普代克

作家们对待文字很严肃——他们也许是最后一类这么做的专业人士——而且他们奋力掌控着自己的方向，穿过疯狂的编辑、粗心的打字员、迟钝且恶毒的评论家带来的侧风，来到理想读者的膝头。

Elena Ferrante

埃莱娜·费兰特

当真实叙述的劳动与快乐取代了任何其他顾虑，包括对于形式上优雅的顾虑，这一页就能写好。我属于那种会把最终一稿丢掉而保留未加工稿件的作家，这样做能确保其具有更高程度的真实性。

Edgar Allen Poe

埃德加・爱伦・坡

动笔写任何名副其实的情节以前，都要精心推敲到结局，这一点再明白不过了。只有当我们始终把结局考虑在内，才能靠制造有利于向目的推进的事件——尤其是各种方面的风格——赋予情节不可替代的后果或成因。

Anton Chekhov

安东·契诃夫

对一名化学家来说，地球上没有什么是不干净的。作家必须像化学家一样客观，他必须放弃主观的界线，他必须知道，粪堆在风景中起到了非常值得尊敬的作用，而生活中的邪恶情感和善良的那些一样与生俱来。

D. H. Lawrence

D. H. 劳伦斯

① → 63

在小说里，角色们除了自己的生活，没有其他事可干。如果他们一直循规蹈矩地当个好人，或者循规蹈矩地当个坏人，甚至是循规蹈矩地反复无常，他们就不再拥有生活，小说也就死了。小说里的角色必须有真正的生活，不然就一无是处。

Graham Greene

格雷厄姆·格林

一部小说中的主要人物必然与作者有着某种相似之处，他们出自作者的躯体，就像孩子产自子宫，然后脐带被剪断，他们发育生长，渐渐独立自主。作者越是了解自己的性格，那么他就越能远离他所塑造的人物，他所塑造的人物就会有更大的成长空间。[1]

1　上海译文出版社 2014 年版《逃避之路》，[英]格雷厄姆·格林著，黄勇民译。

F. Scott Fitzgerald

弗·司各特·菲茨杰拉德

当一个一流作家想要一位高雅的女主人公或一个可爱的早晨，他会发现，所有那些最好的人物都已经被不如他的人粗制滥造地呈现过了。应该有一个规则，让糟糕的作家必须从平凡的女主人公和寻常的早晨开始写起，要是他们做得到，再去写一些更好的内容。

Ray Bradbury
雷·布拉德伯里

情节不过是你的角色奔向非比寻常的目的地途中，在雪地里留下的脚印。情节是事后而非事前对事实的观察，不能够被放在行动之前，而是行动结束后留下来的图表。这就是情节应该有的全部模样。任意地奔跑是人类的欲望。奔跑，并且抵达终点。这无法按部就班，只能顺其自然。

Walter Scott

沃尔特·司各特

② →219

每一位成功的小说家都多少是个诗人，尽管他也许从来没写过一行诗。想象的才能对他来说绝对必不可少，他仔细观察并精确呈现人类角色、人性激情以及自然表象的能力也一样必要，还有出色且敏锐地描述其感受的天赋，以上这些必要条件加在一起，将对他拥有更完整的诗人品质起到很大作用。

George Bernard Shaw

乔治·萧伯纳

你手下有个好管闲事的人会把好多时间花在追逐分裂不定式[1]上。每个优秀的文学工匠都会在感觉有必要时加入副词。我呼吁大家立即停止这种拘泥于细节的行为。不论是"他决定要走得迅速",还是"他迅速决定要走",或者是"他决定迅速地走",都没有区别。重要的事情是"他得马上走"。

1　英文句子里，"to"与动词之间加进副词的不定式。

Ernest Hemingway

欧内斯特·海明威

你知道，小说，或者更确切地说，散文，可能是所有写作中最艰难的行当。你没有参考文献——那些古老且重要的参考文献。你有一张白纸，一支铅笔，并且有义务虚构出比真实事物还要真实的内容。你得把难以察觉的事物变得相当明了，同时还得让这些内容看起来很寻常，让读到它的人觉得这能成为其自身的一部分体验。

David Mitchell

大卫·米切尔

我让笔下的主要角色给我写信，写对他们有重大影响的童年经历、其他人物，以及书中世界的方方面面，阶层、金钱、野心、性爱与工作。用他们各自的语言写特别关键，对于词语的选择非常容易透露其本质，这也是传递有关角色信息的最佳方式。这是作家写作瓶颈的一剂解药，我会卡住，通常是因为我还不够了解笔下的角色。

Peter Stamm

彼得・史塔姆

我的目标始终都是创造关于普通人生活的文学。我不喜欢极端的人物；我不觉得他们能让我们学到多少有关自身的东西。而且，极端或任性的原创故事往往只是在试图弥补作者缺乏的同理心。作家可以向画家学习。伟大的画家从来都不会为自己的画作选择原创主题。塞尚，举例来说，只需要几个苹果、一些旧罐子和水壶，就能证明自己的艺术技巧。

Andre Dubus III

安德烈·迪比斯三世

写作的习惯是可以学的。我们可以选择实在的语言，舍弃过度抽象的语言。我们可以学习使用主动语态的动词而不是被动语态的动词。引入至少五种感官中的三种来激活一个场景。所有这些事情都是学得会的，或者可以靠自己阅读来学习。这些都是你工具箱里的一部分——但要是作家对他或她所写的内容并非真正好奇，那个工具箱就会一直被锁着。

Charlotte Brontë

夏洛蒂·勃朗特

④ →403

当作者写得最好——或者至少——当他们写得最流畅的时候，似乎有某种影响力在他们体内觉醒，成为主宰。这种影响力有自己的一套，除了自己的命令，其他全都无视。它会对某些词语下达指示，并且不管本质上是否激烈、代表何种程度，都坚持要用这些词语。它会塑造新的角色，对事件的转变不会多作考虑，拒绝小心翼翼推敲出来的旧构想，并且忽然就创造并采纳新的构想。

Samuel Johnson
塞缪尔·约翰逊

作家的工作要么是教授他人未知的内容，要么就是按照自己修饰已知事物的方式，将其推荐给他人。作家要么为人们的头脑带去新的想法，在人们的视野中铺开新景色；要么就是改变寻常对象的穿着与局面，以便为他们提供清新的魅力与更强大的吸引力。他们会将鲜花散播到知识分子在进步过程中经过的那些领域，很可能会引诱其返回，让他们对匆忙越过或者疏于关注的事物再看上一眼。

Muriel Spark

缪丽尔·斯帕克

我为笔下的沃伦德·蔡斯虚构了一份战场履历，一份出征缅甸的杰出履历，并且成功将其编排得十分可信。尽管我其实对远在缅甸的战争所知甚少，关于战场也只写了寥寥几笔，之后却发现，尽管我描摹无几，读者还是感受到沃伦德的战场履历是如此逼真丰满，这着实让我吃惊。一位去过缅甸的真正的战场老兵写信告诉我，他觉得我写得无比真实。这让我逐渐认识到，在写作这门艺术中，一个人只需要很少的文字就能传达许多内容，而有时写了很多，能够传达的却极其有限。

William Faulkner
威廉·福克纳

我曾经一度认为，才华是最重要的东西。而现在，我觉得年轻的男性或女性都必须掌握或教导自己、锻炼自己去拥有无限的耐心，即一而再、再而三地尝试，直到进展顺利为止。其必须在严酷的偏执中锤炼自我。也就是说，不管有多喜欢这一页或那一段，只要写得不真实，就都要舍弃。洞察力是最重要的东西，这意味着……要去怀疑、去斟酌、去揣摩，揣摩一个人为什么会去做他做的事情。如果你拥有洞察力，那我想，不管你有没有才华，都不会有太大区别。

Mark Twain

马克·吐温

① →83

我注意到你用的是朴素自然的语言，短小的字词和简明的句子。这就是英语写作的方式——这是现代的方式，也是最好的方式。坚持下去；别让没有价值的那些修饰的和冗长的内容悄悄混进来。要是你捉到了一个形容词，删掉。不，我不是说一个都不能留，但要删掉绝大部分——那么剩下来的就会变得有价值。它们相互挨得近了，就会削弱彼此；它们离得远了，则会带来力量。人一旦养成了使用形容词的习惯，或者是唠叨、冗长、辞藻华丽的习惯，就和其他任何恶习一样难以摆脱。

Leo Tolstoy
列夫·托尔斯泰
② → 147

真正的科学和真正的艺术有两个非常明确的标志：第一个是内部标志，真正的学者或艺术家不为牟利而工作，他们是为了奉献，为了自己的使命；第二个则是外部标志，也就是所有人都能理解他们的作品。真正的科学是去研究当时人们认为重要的知识，并将其变得更容易理解，而真正的艺术则将知识领域的这些真理转移到情感领域。

　　艺术创造并不像许多人认为的那样高贵，但这自然是一件有用且善良的事情，尤其是当艺术将人们团结在一起，并且激发出大家的善意情绪的时候。

Jorge Luis Borges

豪尔赫·路易斯·博尔赫斯

③ → 223

作家——我相信，总体而言是所有的人——必然觉得，不管有什么事发生在他或她身上，都是种资源。所有事情都会给予我们目标，而艺术家必须对这种目标更为热情。所有发生在我们身上的事情，包括我们的耻辱、我们的不幸、我们的窘迫，都如同赋予我们的原始材料，像是黏土，好让我们打造各自的艺术作品。

我想，"忧愁"是作家得到的众多工具中的一种，或者用另一种比喻来说，是众多材料中的一种。忧愁、孤独，如此种种都应该为作家所用，就连噩梦也是种工具。我的许多故事都来自噩梦。我每隔一个晚上就会做噩梦。

Max Frisch

马克斯·弗里施

我会产生非常强烈的感受，却不喜欢将其描述出来。我们有其他方式——身体语言或者沉默——来展现这些感受有多强烈。也许，一个人也会对语言产生怀疑，会担心无法用文字进行准确表达。要不撒一点谎地形容一种感受，要将其置于更高的层级，要自我掩饰，这些都非常难。因此，我不相信自己描述的感受，而是喜欢用一件艺术作品将其表达出来。我作为读者也是如此，我不喜欢由作者来告诉我应该感受到什么样的情绪。作者应当推动读者去感到羞愧或者希望。这样的话，将会有许多感受，会有许多情绪，不过……这些不应由文字表达。

Joseph Conrad

约瑟夫·康拉德

虔诚地争取去完成那种创造性的任务，在旅程中全力走向远方，犹豫、疲倦或责备都不曾让他灰心，这是写文章的人仅有的正当理由。要是他问心无愧，那些充满智慧的人来寻求即时利益，明确需要受到启发、安慰或消遣，或者需要迅速得到改善、鼓励、惊吓或震撼或哄诱时，他必须如此回答：我努力要完成的任务，是用书面文字的力量让你们听见，让你们感受到——首先要让你们看见。就这些，没有别的了，这些就是全部。倘若我成功了,你会在其中找到相应的赏罚:鼓励、慰藉、恐惧、吸引——有求必应，而且，也许还有你忘记问起的那一瞥真相。

Karl Ove Knausgaard

卡尔·奥韦·克瑙斯高

我在好几年里都尝试去写我的父亲，却毫无进展，也许是因为这个主题太接近我的生活，因此要促使其转变为另一个形式并不容易——而这种转变，自然是文学的先决条件。这就是文学的唯一准则：一切都要服从形式。如果其中有任何其他元素——比如风格、情节、主题——比形式更强势，如果这些元素之中有任何一种控制住了形式，结果就会很糟糕。这就是为什么拥有强烈风格的作家往往会写出不那么好的作品来。这也是为什么写作主题鲜明的作家常常写不好。必须要拆解鲜明的主题与风格，才能形成文学。这种拆解，就叫"写作"。与其说写作是创造，不如说是摧毁。

Ursula K. Le Guin

厄休拉·勒古恩

③ → 283

五个主要元素

1. 语言的形态——文字的声音。

2. 句法和语法的形态：文字与句子各自连接在一起的方式；它们彼此相互连接构成更庞大的单元（段落、章节、篇章）的方式；乃至作品的展开模式，其速度、节奏、步伐以及最后的形态。

3. 画面的形态：文字迫使我们或允许我们用心灵的眼睛或感觉通过想象看到的内容。

4. 概念的形态：文字与叙述的事件使我们明白或让我们能够体悟的内容。

5. 感受的形态：通过使用上述所有方式，文字与叙述让我们在那些无法直接抵达或者无法用语言来表达的方面，得到情感上或心灵上的体会。

Joy Williams

乔伊·威廉姆斯

短篇小说的八个基本属性
（以及与长篇小说不同的一个地方）

1. 清澈干净的表面之下应该要有许多扰动。
2. 一种灵意性的水准。
3. 把句子单独拿出来也很惊人。
4. 由内在的本能给予祝福。
5. 内部的声音在外部会显得或变得非常不稳定。
6. 绝对有必要从头到尾都控制好。
7. 故事的效果应当超越其情境及语言的天然状态与深奥程度。
8. 书写时有必要保持一定程度的冷淡。这不是一种屈服于安慰的形式，但要是想给予安慰，应该来自一个意料之外的地方。

长篇小说想和你交朋友，短篇小说则几乎从来不会这么做。

Wilkie Collins

威尔基·科林斯

我向来持有老派的意见，觉得虚构作品的首要目的是讲故事。而且我从来不相信，一位恰当表现出艺术作品首要条件的小说家，会因此陷入没有将角色描绘清楚的危险。原因很简单，任何事件的叙述手法产生的效果实际上都很有依赖性，不是依赖于事件本身，而是与其直接产生关联的人情趣味。在小说写作中，不讲故事就成功呈现出一个角色也许是有可能的，但成功讲述一个故事却没能成功呈现角色，这是不可能的——作为可供辨认的现实，角色的存在是顺利讲述故事的唯一条件。能够牢牢吸引住读者注意力的唯一叙述方式，是让他们对男人与女人产生兴趣的叙述——原因显而易见，因为他们自己就是男人和女人。

Elmore Leonard

埃尔默·伦纳德

1. 永远不要在身体不好时打开一本书。
2. 避开序言。
3. 永远不要在写对话时使用"说"以外的动词。
4. 永远不要使用副词来修饰动词"说"……他严肃地告诫。
5. 控制好你的感叹号。每十万字的篇幅，你能使用的感叹号不超过两到三个。
6. 永远不要使用短语"忽然之间"或"一塌糊涂"。
7. 使用地区性方言、土话时，有的放矢。
8. 避免对角色进行详细的描写。
9. 描写地方或事物时，不要写得非常详细。
10. 尝试省去读者容易跳过去的地方。

我最重要的一条准则可以概括以上十条：要是读起来像是书面的内容，我就会重写。

Willa Cather

薇拉·凯瑟

在我看来，艺术应当被简化。事实上，这几乎就是比较高级的艺术加工的全过程：找到自己可以抛开什么样的形式惯例和什么样的细节，仍然能够在整体上维持作品的灵魂，让自己抑制并删掉的所有内容，都能像是印在纸页上一样，存在于读者的脑海里。米勒[1]画过数百幅农民播种粮食的速写，其中有些十分复杂、有趣，但当他着手将所有蕴含其中的灵魂都画到一幅画——《拾穗》——里去时，作品的构成是如此简单，似乎这是理所当然会发生的事情一样。之前丢弃的所有速写让这幅画成为其最终的模样，而这种过程始终是种简化，为了一幅更好、更具有代表性的画而将许多本身很好的构思舍弃。

任何一流的长篇小说或故事具备的力量，必定与十几个为之牺牲的故事相当。优秀的工匠不能是小器的工匠，他不能吝惜浪费了的材料，也不能妥协。

---

1 指让 - 弗朗索瓦·米勒，19 世纪法国巴比松派画家。

David Foster Wallace

大卫·福斯特·华莱士

广义上来说，写得好意味着清晰又有趣的沟通，并且在方法上让读者感到有活力。作家和读者在其中有某种关联——尽管是以一种文字作为中介——还带有激情……就我与学生——有写作才华的学生——打交道的经验来说，他们要记住的最重要的事情是，会读作品的人不是他们自己，也不是能读懂他们心思的人。要有效地写作，你就不能装作是在给一个你认识的人写信，但你也永远不能忘记，你从事的事情，是在与另一个人类沟通。关于这点的老生常谈就是，读者无法读懂你的心思。读者无法读懂你的心思。这就是最要紧的一点。

第二大要点可能是，要注意各种不同的方面。你不仅要大量阅读，还要关注句子与句子放在一起、分句与分句连接在一起的方式，以及句子与句子构成段落的方式……

Chimamanda Ngozi Adichie

奇玛曼达·恩戈兹·阿迪契

① →65

我一直开玩笑说自己（在写《半轮黄日》的时候）差点自杀，实际上，当时确实非常紧张。我记得自己特意去读了能找到的有关尼日利亚那段历史的所有已出版的作品。不管是父母、亲戚还是亲戚的朋友，我向所有人问了许多问题。我搜集到的研究资料过于繁多，要把这些内容转化为虚构故事就变得非常困难。我当时会想："我都不知道法国政府做过那样的事情，必须写进书里！"但要是把所有内容都放进去，就不再是虚构的小说了。

第一稿惨不忍睹，因为那不过是关于我做了多少研究、发现了什么内容。到最后，我学到的是自律，而且我对自己说，一切都得跟角色有关，因为我意识到，在第一稿里，事件主导着叙事。我就想："不，这样不行。必须得由角色来引导叙事。"我得把读过的全部资料都留在脑袋里。

James Joyce

詹姆斯·乔伊斯

② → 103

重要的事情不是我们写什么，而是我们怎么写。而在我看来，现代作家首先必须是冒险家，甘愿承担各种风险，而且如果有必要的话，得做好努力之后失败的准备。换句话来说，我们必须冒着险去写作……我知道自己在写《尤利西斯》时，曾试图用自己的语言来赋予都柏林颜色与基调；都柏林单调又闪闪发光的氛围、让人产生幻觉的水汽、破旧的混乱、酒吧的气氛，以及社会的不流动性——这些只有通过我的文字的质感才能够得以传达。想法和情节并没有一部分人形容的那样重要。任何艺术作品的目标都是要传递情绪；所谓才能，就是有传达那种情绪的天赋……在《尤利西斯》中，我试图贴近事实。这其中当然有幽默，人在世界上的处境从根本上而言尽管不幸，但也可以被视为幽默。人想成为的样子与人实际的样子间的差距无疑可笑，就连喜剧演员也是如此，只要他们上台后被绊倒，就能令所有人哄笑。

Arthur Conan Doyle

亚瑟·柯南·道尔

⑤ →457

人们经常问我，是不是在动笔写一个福尔摩斯的故事以前就想好了结尾。我当然想好了。一个人如果不知道目的地，便无法沿着路线前进。首先要做的是找到想法。找到关键的想法以后，接下来要做的就是将其隐藏，把重点放在全部内容上，以便提供一种不一样的解释。然而，福尔摩斯能看到替代选择中的所有谬误，接着用他可以描述并证明的步骤，以多少有点戏剧化的方式找出真正的解答。他展现出来的能力被南美人称为"Sherlockholmitos"，意思是聪明的小推论，这往往与手头的事件没有关系，而是用一般意义上的能力给读者留下深刻印象。他不经意间提及其他案件也能获得相同的效果。天知道我任意挥霍了多少标题，又有多少读者祈求过我来满足他们对于《弄臣与他可恶的妻子》《疲劳船长的冒险》《帕特森一家在乌法岛上的古怪经历》的好奇心。有那么一两次，类似《第二血迹探案》——在我看来，这是最干净利落的故事之一——我确实在写下故事做出回应的好几年前就使用了这样的标题。

Charlotte Brontë

夏洛蒂·勃朗特

④ → 365

创造出希思克利夫这样的人物是否正确或可取，我说不好，我可能很难认同。但我知道一点：具有创造天赋的作家拥有某种他并非总是能够掌控的东西——这种东西有时会在强烈的意志力驱使下自行其是。他也许会制订原则、设计准则，而这种东西也许会在许多年里都臣服于这些原则与准则。接着，或许没有任何反抗的预警，总有某个时刻，它便不再同意"在山谷里耙地，或者被束缚在一道沟壑里"，还"笑话城里的大多数人，对车夫的眼泪毫无尊重"，并且坚决拒绝再用海砂来搓绳子。它开始雕凿塑像，在命运或灵感的引导下，你会得到普鲁托或者朱庇特，提西福涅或者普赛克，美人鱼或者圣母玛利亚。不管这作品糟糕还是美妙，可怕还是非凡，除了静静地接纳，你别无选择。至于你，名义上的艺术家——你在其中的作用就是被动地工作，这些指令既不来自你，也不受制于你——你的祈求无法将这种状态道出，你的突发奇想也无法将其压制或改变。要是成果富有魅力，整个世界都会赞美你这个几乎不应当得到赞美的人；如果其受到厌恶，这同一个世界就会责怪你，而你也几乎不应当受到这样的责备。

William Makepeace Thackery

威廉·梅克比斯·萨克雷

或许，爱好"刺激"的人可能会想知道，这本书始于一个非常精确的计划，却被完全放在了一边。女士们、先生们，这一系列扣人心弦、引人入胜的恐怖故事会让你们大饱眼福，而作家与出版商的口袋也会鼓起来。来自贝尔格莱维亚的年轻女士一直前去圣吉尔斯大教堂拜访一位（具有诸多令人钦佩的美德的）流氓，还有什么比这更刺激的呢？和社会的反差相比，还有什么更激动人心的事情呢？粗话与时髦语言相结合？逃亡、斗争、谋杀？不，就在今天早上九点钟，我可怜的朋友阿尔塔芒特上校仍注定要被处决，直到最后一刻，作家才对他笔下的牺牲品大发慈悲。

"刺激"的计划（连同出版商表现出的令人尊敬的宽容）被放到了一边，因为我试图这么做的时候，发现自己缺乏与笔下主题有关的经验，我在生活里从未与罪犯有过亲密接触，而流氓惯犯的举止对我来说也相当陌生，我放弃了要与 M. 欧仁·苏[1]一比高下的念头。要描写一个真正的无赖，你得把他写得令人生厌，丑恶到惨不忍睹。而且除非有画家能把他恰如其分地画出来，不然我觉得他根本没有立场出现。

1　19 世纪法国作家，其代表作《巴黎的秘密》首创了连载小说体裁。

Charles Dickens

查尔斯·狄更斯

③ → 299

读了你的手稿后（我本应该早点读的，但近来状态不佳），我写了以下这些与之相关的话……

老实说，我对于故事本身评价很高。文风尤其轻松自如、讨人喜欢……但我的印象是，你一直在匆忙叙述（却没有进展），"用一种近似急躁且让人喘不过气来的方式，任由自己讲述。其实应该让人物来讲述，由他们自己表现出来"。我的观念向来如此：如果我要让人物来完成故事，那可以说，就是要由他们来执行，而不是我去执行。而且，除非你真的把故事引至一个极佳的场景，比如巴泽尔之死，否则你必须在艺术创作的约束下付出更多努力。这样的场景应当自成一章。它会给读者们留下深刻印象，并且进面造福一本书。假设你在给朋友的信中写到那个动人的事件。难道你不会去描述自己是如何穿过人潮涌动的马路与街道来到病房的吗？难道你不会讲起房间的模样、当日的时间，当时是否有阳光、星光或者月光？当你第一眼看到将死之人的容貌，你与其有怎样的奇异反差，又有怎样的奇异反差冲击到你，难道你不会对自己是如何受到看待留下深刻印象吗？我不希望你在小说里"亲自"讲述这些事件，而是要让事件自行呈现。你在场景中的作用堪比一份索引，或者是在陈述中总结这场悲剧的一份描述性节目单。

H. P. Lovecraft

H. P. 洛夫克拉夫特

② →113

有抱负的作家不应当在仅仅掌握写作技巧的条条框框后就感到满足……想要在文学写作中有长进，都必须从审慎的阅读开始努力。学习者必须永远把这个阶段放在最重要的位置。在许多情况下，阅读优秀作家的作品比接受大量指导都更有效。读一页艾迪生或者欧文，在文风上能学到的东西比一整本规则手册都要多；而与笨重的教科书上的十个枯燥章节相比，爱伦·坡的一个故事，就能让人记住更为生动的概念、更加有影响力且正确的描述与叙述。

在虚构的叙事中，真实性绝对必不可少。故事必须保持连贯，不能包含任何明显脱离事物秩序的事态——除非这个事态是主要事件——并且要在格外仔细的准备之下展开。在实际生活中，难以预料的离奇事件确实时有发生，但在寻常故事里，这些事件并不合适，因为虚构的故事是某种理想化状态下的生活常态。故事的发展应当尽可能接近真实，要极力避免逐渐形成一个疲软的结局。故事的结尾必须要比开头更强劲而不是更薄弱，因为结尾包含结局或高潮，会在读者内心留下最强烈的印象。新手作家要是已经仔细准备好情节大纲——始终都应该如此——先把故事的最后一段写下来，并不会出什么差错。这样的话，他就能够将最鲜活的精神活力聚焦在叙述中最重要的部分，如果之后发现有任何必须要做的改动，都能够很容易完成。不管在叙述的哪个环节，宏大或者显著的想法、段落之后的内容，都不应该具有平淡或乏味的品质。这样的情形会令人扫兴，也会让作家备受嘲笑。

George Orwell

乔治·奥威尔

① → 89

一位严谨的作家，在写每一句话的时候，都至少要向自己提出四个问题：

 1.我想说的是什么？

 2.用什么词来表达？

 3.用什么形象、什么成语可以表达得更清楚？

 4.要达到一定效果的话，这样的形象够新颖吗？

或许还会再问两个问题：

 1.能写得更简洁些吗？

 2.是否存在能够避免的拙劣之处？

但是一个词或词组的效果到底怎样，写作时常常会让人感觉难以把关。当无法凭借直觉来判断选择的时候，便需要有规可依了。我觉得下面几条规则应该可以解决大多数问题：

 1.永远不要使用书刊中频繁使用的那些明喻、暗喻以及其他各种比喻。

 2.在能用短词的地方，绝不要用长词。

 3.凡是能删掉的词一律删掉。

 4.能用主动句的地方，绝不用被动句。

 5.凡是能用日常英语表达意思的时候，绝不用外国词语、科学术语或职业行话。

 6.一旦发现自己的话纯属胡说八道，便可不遵守上述任何一条规则。[1]

---

1 江苏教育出版社 2006 年版《政治与英语》，[英]乔治·奥威尔著，郭妍俪译。

Ernest Hemingway

欧内斯特·海明威

作家停止观察就完了。但他不必有意识地观察，老想着怎么去用。一开始可能是这状况。但后来，他观察到的东西进入他所知所见的大储藏室。知道这一点可能有用：我总是用冰山原则去写作；冰山露在水面之上的是八分之一，水下是八分之七，你删去你所了解的那些东西，这会加厚你的冰山，那是不露出水面的部分。如果作家略去什么东西是因为他并不了解那东西，那他的故事里就会有个漏洞。

《老人与海》本来可以有一千页以上，把村子里每个人都写进去，包括他们怎么谋生、出生、受教育、生孩子，等等。有的作家这么写，写得很好很不错，写作这行当，你受制于既存的完美杰作。所以我得努力学着另辟蹊径。第一，我试着把向读者传递经验之外的一切不必要的东西删去。这样他或她读了一些之后，故事就成为他或她的一部分经验，好像确实发生过。这做起来很难，我一直努力在做。

总之，先不说怎么做成的，我这次有难以置信的好运气，能够把经验完整地、前所未有地传达出来；运气在于我有一个好老头和一个好孩子，近来的作家都已经忘了还有这样的事情。还有大海也同人一样值得描述。这是我的运气好。我见过马林鱼交配，知道那是怎么回事。我把这些放弃。在那一片水面上，我见过五十多头抹香鲸的鲸群，有一次我叉住了一头几乎有六十英尺长的鲸，却让它逃走了。可我也没把这些写到小说里。我对渔村所了解的一切都略去不写，但那正是冰山在水下的部分。[1]

1　上海文艺出版社2015年版《巴黎评论·作家访谈1》，美国《巴黎评论》编辑部编，苗炜译。

George Eliot

乔治·艾略特

⑤ →439

讲述故事的最佳方式是什么？由于标准必定取决于读者的兴趣，那么理应有若干或众多上佳方式，而非只有一种最好的方式。因为我们会对生活通过各种各样的顺序和方式呈现出来的故事产生兴趣。非常普遍的情况是，我们初次感到想要了解一个人的过去或未来的愿望，来自目睹其作为陌生人身处某种不寻常、可怜或滑稽的处境中，或者是其表现出了某种引人注目的特质。我们因此去打探，或者，当我们不用费心寻找就有机会知道更多可能发生在他们身上的事情时，便会用心观察，密切留意。

你看见监狱里的囚犯中有一个文雅的人捡起拖把。之后，你又看见同一张难忘的面孔出现在布道坛上——他必定性格沉闷，无意进一步探究对比如此强烈的人的生活，尽管他可能会在被打乱的时间顺序中，以断断续续的方式逐渐知道更多。

此外，如果我们听说许多有关一个素未谋面的男子的事情——或者至少那些不太寻常的事情，那么，我们得知他在场时便会好奇地环顾四周。不管他在我们面前说了什么、做了什么，都会因为我们之前知晓的关于他的传闻而具有深意；这些传闻要么来自无疑是和他相关的对话，要么是他人偶然间的评价，或者是绝版或未绝版的综合报道。

即便是与非个人的对象有关时，这样间接获取知识仍然是最撩动人心的方式。目睹化学实验会为化学的定义增添魅力，使其充满意义——愉快的冲击如果没有按照不寻常的顺序发生，这种意义也不会存在——如同固体转变为气体，或者反过来。第一次看见一个词作为名词性实词或形容词出现，会让我们想要知道词语的完整意思，这是我们想要在回忆中赋予其活力的方式。如果刚开始时信息不够完整，我们的好奇心就会变得更加迫切。

Vladimir Nabokov

弗拉基米尔·纳博科夫

我们可以从三个方面来看待一个作家：他是讲故事的人、教育家和魔法师。一个大作家集三者于一身，但魔法师是其中最重要的因素，他之所以成为大作家，得力于此。

我们期望于讲故事的人的是娱乐性，是那种最简单不过的精神上的兴奋，是感情上介入的兴致以及不受时空限制的神游。另一种稍有不同倒也未必一定高明的读者是：把作家看作教育家，进而逐步升格为宣传家、道学家、预言家。我们从教育家那里不一定只能得到道德教育，也可以求到直接知识、简单的事实……最后，而且顶重要的还是这句话：大作家总归是大魔法师。从这点出发，我们才能努力领悟他的天才之作的神妙魅力，研究他的诗文、小说的风格、意象、体裁，也就能深入接触到作品最有兴味的部分了。

艺术的魅力可以存在于故事的骨骼里，思想的精髓里。因此一个大作家的三相——魔法、故事、教育意义往往会合而为一而大放异彩。有些名著，虽然也只是内容平实清晰，结构谨严，但给我们在艺术上冲击之大，不亚于《曼斯菲尔德庄园》，或是狄更斯式的富于感官意象的跌宕文字。在我看来，从一个长远的眼光来看，衡量一部小说的质量如何，最终要看它能不能兼备诗道的精微与科学的直觉。聪明的读者在欣赏一部天才之作的时候，为了充分领略其中的艺术魅力，不只是用心灵，也不全是脑筋，而是用脊椎骨去读的。只有这样才能真正领悟作品的真谛，并切实体验到这种领悟给你带来的兴奋与激动。虽然读书的时候总还要与作品保持一定的距离，超脱些。如果能做到这一点，我们就可以带着一种既是感官的，又是理智的快感，欣然瞧着艺术家怎样用纸板搭城堡，这座城堡又怎样变成一座钢骨加玻璃的漂亮建筑。[1]

---

1 上海三联书店 2005 年版《文学讲稿》，[美] 弗拉基米尔·纳博科夫著，范伟丽译。

Terry Pratchett

特里·普拉切特

搭建世界是许多奇幻故事中不可或缺的一部分，即便在表面看来属于我们自己的世界也是如此——特拉法尔加海战中，纳尔逊的舰队有充满氢气的飞艇这件事除外。据说，二十世纪八十年代晚期奇幻小说非常风靡那会儿，出版商可能会收到一只盒子，里面装有两三张古代北欧文字的字母表，四张完全被文字覆盖的主要地区地图，一份主角们姓名的发音指南，而在盒子的最底下则是一份手稿。拜托……没必要做到这个程度。

读者们都知道那个适用于某种奇幻小说的术语，这个术语有时是对从前那些更好的作品的盲目回响，那些小说里有着静态社会，信手拈来的丑陋"邪恶"种族，如同电流一般的魔法，以及像汽车一样的马匹。这个术语叫作"EFP"，或者是"挤压出来的幻想产物"（Extruded Fantasy Product）。当你无法将其与其他所有EFP区分开来时，就认出它来了。

不要写成这样的小说，也尽量不要去读这种小说。广泛阅读这一类型以外的书。阅读旧西部故事（这本身就是一种奇幻）、乔治王朝时代的伦敦、纳尔逊的海军部队如何补给，阅读炼金术的历史、钟表制作或者邮政马车系统。阅读时，要有木匠看待树林那样的思维模式。

要将逻辑运用在无意产生逻辑的场合。如果精灵女王确实有条破碎的许诺做成的项链，问问自己，项链长什么样子。如果魔法真实存在，那么魔法来自哪里？为什么并不是每个人都会施展？你会制订什么样的规则，为故事增添一些张力？社会如何运转？食物打哪儿来？你得知道自己笔下的世界是如何运作的。

G. K. 切斯特顿对于作为艺术形式的奇幻小说是这样总结的：采撷单调且日常（并因此被无视）的内容，用一种不常见的角度将其展示在人们面前，让人们重新用新鲜的眼光来看待……这一体裁提供了所有其他体裁的调色板，并赋予其新的色彩。要小心运用这些内容。只需稍做改进，就能打造出一整个全新的世界。

Robert Louis Stevenson

罗伯特·路易斯·史蒂文森

要从零开始塑造一个角色，就得挑选，得描绘几个场景、一些对话，也许（尽管这十分多余）还要有少许外表上的细节描写，因为这些凝聚在一起传达到读者脑海中的整体感觉　就是人物的个性——没有什么事情比塑造人物更加微妙，也没有什么成就比这个更加清晰明了。我们遇见一名男子，发觉他的谈吐生动有趣，但如果用速记把他说的每个字都记下来，我们可能会惊讶地发现，这些话是如此无关紧要。身体外形、会说话的眼睛、难以模仿的说话腔调，魅力其实在这些东西里头，而这一切则无法由小说的书页承载。

　　我有幸认识一位小说作家，他向我坦言在写作这件事上的成功（尽管很微小），对他自己来说其实相当出乎意料。"在我的一本书里，"他写道，"也只有在这本书里，人物自行其是；突然间，他们跃然纸上，转身背对着我，全都走开了；从那时起，我的任务就是记速记——说话的是他们，写出之后的故事的也是他们。这件创始性的奇迹发生以后，我又惊又喜，激动极了；我莫名感到敬畏——这是不是该称为迷信呢？而这个奇迹是如此微小，不过是我笔下的人物被其赋予了一部分生命；当他们说出所有的话以后，我才知道自己所知甚少！他们为我提供了一种语言形式，而他们自身就是由这种语言形式构成的，在此之外，在此之下，什么也没有。"这位作家感受到并且似乎要进行谴责的那种极限，即便在文学王子的作品里也能察觉。我记得赫兹利特[1]曾声称：如果莎士比亚的作品在排印时去掉人物的名字，他能够将所有人说的话都妥善归位。而我敢说，我们都能挑出尼姆或者毕斯托尔、盖乌斯或者伊万斯说的话，但那些伟大主角的发言，就连赫兹利特的都没法归位。这些主角由更为精妙的模子浇筑而成，与那些随和的会腹语术的傀儡相比，以远远更为精妙且更具差别的形象出现在我们面前。当你剥离像筒风琴那样预先编排好的词汇，弃置滑稽的错误发音，撇开生动的方言，只有当这些显而易见的奇技淫巧都被放到一旁，真正的杰作才会（看似）凭空地出现。

1　英国散文学家、戏剧和文学评论家。

Raymond Chandler

雷蒙德・钱德勒

1. 小说的原始设定和结局的动机必须可信，必须由合理环境下合理的人做出的合理的事情组成。要记住，"合理性"在很大程度上就是一种风格。满足了这个要求，那些唬人的结局和大量所谓"闭环"的故事就不可能出现——在这些故事里，那些最不可能成为罪犯的人被迫犯了罪，简直毫无说服力可言。类似克里斯蒂的《东方快车谋杀案》那样精巧的舞台式布局也将无处容身：犯罪情节设置全由一系列巧合组成，怎么看也不像真的。

2. 谋杀手段和侦破方法从技术层面上来说都必须能够自圆其说。不能出现万能的毒药或是不合理的药物效用，比如剂量不足以致命却害死了人之类。左轮手枪不能安消音器（根本不管用），铃绳上也不可能总盘着一条蛇（《花斑带之谜》[1]）。一旦到这些东西，故事立刻就从根儿上毁了。如果侦探是受过训练的警察，就必须有个警察的样子，而且要有合乎工作要求的心智和体魄。倘若他是一名私家侦探或是业余侦探，至少也应该了解必备的刑侦手法，否则只会显得自己像头蠢驴。假使像夏洛克·福尔摩斯系列故事里写的那样总把警察当傻子戏弄，不仅会让侦探取得的成就大打折扣，而且还会让读者怀疑作者在这一领域的知识水平。柯南·道尔和爱伦·坡是这种艺术形式的开山鼻祖，他们和最优秀的现代作家之间的关系就好比乔托[2]之于达·芬奇。但是当代侦探小说已经不能像他们那样写了，他们作品中显示出来的蒙昧无知也不再为当今社会所容忍。而且，警察文学这种艺术形式在他们那个时候仅仅处于萌芽状态。《一封失窃的

1　《花斑带之谜》（*The Adventure of The Speckled Band*）为英国侦探小说家柯南·道尔创作的福尔摩斯探案故事系列中的一部。

2　乔托·迪·邦多纳（Giotto di Bondone，1266—1336）意大利雕刻家、画家和建筑师，意大利文艺复兴时期的开创者和先驱者，被誉为"欧洲绘画之父"。

信》³只能糊弄现在的警察4分钟。柯南·道尔看起来也对苏格兰警场⁴的各个组织一无所知。克里斯蒂在我们这个时代还会干同样的蠢事，但时间的推移并不意味着能把错误洗白。奥斯汀·弗里曼⁵则恰恰与之相反，在他那部有关伪造指纹的小说⁶面世10年之后，警方才意识到，小说里写的可以成为事实。

3. 必须对读者诚实。这虽是老生常谈，但人们却始终不解其意。重要的事实不仅仅不应该被隐瞒，也同样不应对其虚假强调，造成曲解。无关紧要的事实则不应该将其蓄意夸大，虚张声势（这是典型的好莱坞悬疑影片常玩的把戏，利用特效摄像机的作用和剧烈的情绪变化转移观众注意力，造成虚假的恐吓效果）。根据事实做出推论是侦探的拿手好戏，但他也应该放出足够的事实，好让读者的脑筋跟着转起来。有一种说法似乎有些道理，虽然尚无定论：凭借某种特定知识（比如桑戴克医师⁷）做出的推论从某种意义上说是在耍赖皮，因为所有好的悬疑小说都会遵守一个基础理论，那就是在故事中的某个阶段要供给读者足以找出问题答案的素材，而且这个阶段不能来得太晚。如果理解事实真相需要某种特定的科学知识，那么除非读者恰好也了解这些知识，否则就无法自行解决问题。或许奥斯汀·弗里曼也有同感，因此才开创了"倒叙推理小说"这种文体，让

---

3 《一封失窃的信》（*The Purloined Letter*）为美国作家埃德加·爱伦·坡的短篇小说代表作。

4 苏格兰警场（Scotland Yard）指英国伦敦警务处总部。1829年间，英国首都警务处位于伦敦旧苏格兰王室宫殿，因此得名。

5 理查德·奥斯汀·弗里曼（Richard Austin Freeman, 1862—1943），英国著名作家，早年从事医务工作，转行后创作了以约翰·埃文林·桑戴克为主角的系列侦探故事。

6 应为小说《血红指印》（*The Red Thumb Mark*），奥斯汀·弗里曼创作的"桑戴克医师"侦探系列第一部。

7 约翰·埃文林·桑戴克医师（Dr. John Evelyn Thorndyke）是奥斯汀·弗里曼笔下的神探，擅长科学办案，因而树立了"科学侦探"的最佳典范。以他为主角的系列小说开创了"倒叙推理"这一新文体。

读者一开始就知道了问题的答案，然后就可以饶有兴味地看着侦探一步步顺藤摸瓜了。

4. 人物、布景和氛围都必须真实可信，像是真实世界里的真人真事。推理小说作家能写好人物的不多，但并不代表不需要这种能力——让人一读再读难以忘怀的作品和扫了几眼便抛诸脑后的作品，区别就在这里。至于瓦伦丁·威廉姆斯[8]之流，宣称"问题大于一切"，只不过是为了掩饰自己对人物塑造的无能罢了。

5. 即使去掉推理相关的部分，也必须无损故事的价值。也就是说，办案经过本身也应该是值得一读的冒险经历。

6. 要达到这种效果，小说必须具有某种悬念，哪怕需要花点儿脑筋。这并不是指威胁，尤其不是指侦探必须受到严重的人身安全威胁。后者简直成了一种潮流，就像所有的潮流一样，因为彼此间的过度模仿而显出一副疲态。读者并不需要总是紧张得坐立难安。故事情节安排过犹不及，震惊太多只会让人麻木。然而矛盾冲突是必要的，无论是肢体上、伦理道德上还是情感上，而且必须在字里行间始终弥漫着某种危险的元素。

7. 小说必须色彩斑斓，鼓舞人心，还要适度地扣人心弦。如果风格太过沉闷，就要用大量的技术手段去弥补，然而也不是没有先例，尤其是在英国。

8. 在需要的时候，小说必须能简明而又轻松地把一件事情解释清楚（这也许是所有条律中最不容遵守的一条）。最理想的结尾是：电光火石间一切真相大白于天下。而这实属难得，因为好点子太过罕见。解释过程不必求短（在银幕上除外），而且往往根本短不了，但是必须生动有趣，让读者迫

---

8 瓦伦丁·威廉姆斯（Valentine Williams, 1883—1946），英国记者、通俗小说作家。

不及待要看个究竟，而不能是为了摆平某个过于复杂的情节而新编一个故事，再牵扯进一堆新角色。解释过程最重要的一点就是，它并不仅仅是冗长的细枝末节的组合，因为这些东西没有任何一个普通读者能记得住。把对答案的寻找寄托在这些东西上面对读者而言是不公平的，因为这实际上又已经超越了他们对答案的控制范围。让读者记下上千个枝节，再从中选出三种具有决定性意义的，其不公平程度不啻于希望读者对化学、冶金术或是巴塔哥尼亚食蚁兽的交配习性烂熟于胸。

9. 小说必须能唬得住还算有点脑子的读者。这可就出了一个大难题。有些最棒的侦探小说（比如奥斯汀·弗里曼的作品）也无法从头到尾蒙住聪明的读者，但就是让人猜不透全部的答案，也没办法自行作出逻辑论证。读者的脑筋千差万别，有些能猜出深藏不露的凶手，而有些却会被最显而易见的情节糊弄（《红发俱乐部》[9]放到今天，还能骗得过读者吗？）。不过，也没必要非得把一个推理小说的狂热爱好者愚弄到家门都不认识的地步；当然了，这也不太可能。如果推理小说就是为了坚持骗过这些人，而且对这一目的不加掩饰，那么在普通爱好者看来就会显得不知所云，连小说到底写了点儿什么都搞不清楚。但是，有些重要的故事元素又必须让最犀利的读者也无法参破。

10. 答案一旦揭晓，就一定要显得是必然结果。这是一部好的推理小说中最容易被忽视的要素，但却是所有小说最重要的元素之一。光是愚弄读者、唬住读者，或是逃避读者，都是不够的。必须让读者既拍着脑袋懊悔不迭，又对"对手"心生敬意。

11. 切忌贪多求全。如果这个故事是一桩谜案，氛围既冷静又理智，那它就不可能是暴力探险故事或是激情罗曼史。恐怖的氛围会摧毁逻辑思维能

9　《红发俱乐部》（*The Red-Headed League*）是柯南·道尔创作的福尔摩斯案件中的一个短篇，讲述夏洛克·福尔摩斯从一份红发俱乐部的广告开始破获一个犯罪团伙的过程。

力——如果小说写的明显是普通人因为无法承受错综复杂的心理压力而犯下了杀人罪，那么就别肙想笔锋突转到警方调查员的冷静分析上去。侦探不可能同一时间既是英雄又是祸害，杀人犯也不会既是饱受折磨的命运牺牲品，又是个五大三粗的流氓。

12. 不管方式如何，罪犯必须受到惩治，虽然不一定藉由执法完成。和当下流行的（以及来自约翰斯顿办公室[10]的）观点恰恰相反，这个要求无关道德，而只是侦查逻辑的一部分。如果案件无法告破，故事悬而未决，一定会引起众怒的。[11]

10　约翰斯顿办公室（Johnston Office）代指美国电影协会（Motion Picture Association of America），1922年创立伊始被称作"美国电影制片人及发行商联合会"（Motion Picture Producers and Distributors of America），自前邮政总长威尔·H.海斯（Will H. Hays）担任主席，并颁布"海斯法典"等针对电影作品的高压法令。埃里克·约翰斯顿（Eric Johnston）为其第三任总审查长，其在任时期的1945—1963年该协会也被称为"约翰斯顿办公室"。

11　上海译文出版社2017年版《谋杀的简约之道：钱德勒散文书信集》，[美]雷蒙德·钱德勒著，孙灿译。

Raymond Carver

雷蒙德·卡佛

1966年时，我27岁，我感觉自己很难集中精神阅读长篇叙事小说。有那么一段时间，我在设法阅读与试图写作中都遇到困难。我的注意力消失了，我不再有耐心写长篇小说。这个故事很复杂，乏味到无法在这里细说。但我知道，我之所以创作诗歌与短篇小说，和这一点有很大关系。开始，结束。不磨蹭。接着写下一个，我可能也是在同一时期失去了宏大的野心，在我二十多岁的后半段年月里。要是确实如此，那对我来说也算是件好事。野心和一点点运气对一个作家的发展来说是好事。过大的野心和坏运气——或者毫无运气——则很致命。还得有才华。

一些作家有不少才华，我不知道有哪些作家是没有的。但用一种独特又精准的方式看待事物，并且能找到合适的文本来表达这种观察方式，则是另一回事。《盖普眼中的世界》自然是约翰·欧文眼中的非凡世界。弗兰纳里·奥康纳眼中则又是另一个世界，威廉·福克纳与欧内斯特·海明威也有他们眼中的世界。契弗、厄普代克、辛格、斯坦利·埃尔金、安·比蒂、辛西亚·奥齐克、唐纳德·巴塞尔姆、玛丽·罗比森、威廉·基特里奇、巴里·汉纳有他们眼中的世界。每个伟大的——甚至是每个很不错的——作家，都会按照各自的规范来呈现各自眼中的世界。

我谈论的内容与风格相仿，但也不仅仅是风格。那是作家在写作的所有内容中呈现的独特且明确无误的特征，是只属于他的世界，是将一位作家与另一位作家区分开来的事物之一。这并非才华。才华遍地都是。但一位作家看待事物有独特的方式，而且能将看待的方式用具有美感的语言来表达——那么这位作家应该会在一段时间内被人记住。

伊萨克·迪内森说，她每天都会不怀希望也不抱绝望地写上一点。总有一天，我会把这句话写在三乘五英寸的卡片上，贴在书桌旁的墙壁上。墙上现在就有一些三乘五英寸的卡片。"陈述在根本上的准确性是写作独一无二的美德。"艾兹拉·庞德说的。这无论如何都不是全部，但要是一名作家具备"陈述在根本上的准确性"，他至少在正轨上。

我贴在墙上的一张三乘五英寸卡片上，有一句来自契诃夫小说里的话："……于是忽然间，他明白了一切。"我感到这些字词充满了惊奇与可能性。我喜爱其中的清晰明了和暗示真相的线索。这里头还有一点点神秘。

429

之前他不明白的是什么？为什么现在才逐渐明白？发生了什么？最重要的是，接下来呢？如此突然的觉醒会带来一些后果。我强烈地感觉松了口气，还很期待。

我无意中听到作家杰弗瑞·伍尔夫对一群学习写作的学生说过"不要用低劣的诡计"。这句话应该放到三乘五英寸卡片上。我要对此稍加改动："不要用诡计"。就这些。我讨厌诡计。小说里一旦有诡计或者噱头的苗头，低劣的诡计，甚或是煞费苦心的诡计，我都容易看不下去。诡计基本上很无聊，而我也很容易感到无聊，这也许跟我的注意力不持久有关系。而极其装腔作势的作品或者实在单调无聊的作品，都会让我睡着。作家们不需要诡计或噱头，甚至都没必要成为写书为生的人里最聪明的家伙。作家有时需要冒着看似愚蠢的风险，有能力站起来以单纯且绝对的惊异，目瞪口呆地看着这样或那样的事物——夕阳，或者是一只旧鞋子……

在诗歌或短篇小说中，作家能够做到用平凡但确切的语言描写平凡的事与物，并且赋予这些事物巨大甚至让人震惊的力量：一把椅子、一幅窗帘、一把叉子、一块石头、一对女式耳环。写出一列看似无关大雅的对话却让读者感到背脊发凉，这也是有可能的——这是艺术乐趣的来源，纳博科夫就能做到。我对这种作品最感兴趣。不管是举着实验主义的旗号，还是纯粹是粗陋写就的现实主义，潦草或杂乱无章的写作都让我感到厌恶。伊扎克·巴别尔的精彩短篇小说《居伊·德·莫泊桑》里，叙述者就小说创作说了这样的话："在正确的位置画上句号，比任何铁器都更能穿透人心。"这句话也应该写到三乘五英寸的卡片上。

埃文·康奈尔说过，当他发现自己边通读短篇小说边去掉逗号，然后又通读一遍，把逗号重新放回原来的位置，这篇短篇小说就算完成了。我喜欢他那样的工作方式，尊敬那种对即将完成的内容的呵护。到最后，文字就是我们拥有的全部，而这些最好是正确的文字，连同标注在正确位置的标点，好将它们本该表达的内容尽可能地表达出来。如果由于作者本身无节制的情绪而使文字变得笨重，或者因为某些其他原因而不够严密、不够确切——只要文字以某种方式变得含混，读者的视线就会从上方略过，什么也读不进去。读者自身的艺术感受力完全无法得到共鸣。亨利·詹姆斯把这种倒霉的作品叫作"糟糕的规范"……

　　我曾经坐下来写过一个相当不错的故事，尽管刚开始的时候，只有故事的第一句话浮现了出来。这句话在我脑海里徘徊了好几天："电话铃响起时，他在吸尘。"我知道这里头有个故事，而它想要被讲述出来。我从骨子里感觉到，要是我有时间去写，这个开头能引出一个故事来。我抽出时间，有一整天——十二，甚至十五个小时——可供我使用。我在早晨坐下，写出第一句话，其他句子便立即随之而来。我如同写诗一般写出这个故事；一句接一句，然后是下一句。我很快便能看到一个故事，而且我知道，这是我的故事，是我一直想要写的故事。

A sense of an ending
Drawing conclusions

终结的感觉
得出结论

Oscar Wilde

奥斯卡·王尔德

④ →327

我不喜欢小说有快乐的结尾。这会让我非常沮丧。

Truman Capote

杜鲁门·卡波特

完成一本书
就像是带着
一个孩子来
到院子里朝
他开枪。

George Eliot

乔治·艾略特

④ →415

结局是大部分作者的弱点……有些缺点就存在于结论的本质之中，这种结论充其量只是一种否定。

J. M. G. Le Clézio

J. M. G. 勒克莱齐奥

我有两个隐秘的抱负。其中之一是在某一天写一本这样的小说，男主人公在最后一章死去——或者，在紧要关头得了帕金森氏综合征——我会被洪水般满是脏话的匿名信淹没的。

John Fowles

约翰·福尔斯

为什么不快乐的结尾被认为比快乐的结尾更有艺术性？……从某种方面来说，不快乐的结尾让小说家高兴。他已开启一段旅程并宣布自己已失败，并且必须重新启程。如果创造出的是快乐的结尾，那就会让人产生几分错觉，认为已经解决了人生的难题。

John Steinbeck

约翰·斯坦贝克

② → 181

书在我写下最后一个字时就真正死去了。我只会有一丁点悲伤，接着便继续去写下一本还活着的书。书架上成排的书对我来说非常像是精心做过防腐处理的尸体。它们既没有生命也不是我的。我并不为它们悲伤，因为我已经忘记了它们，真正意义上地忘记了。

E. M. Forster

E. M. 福斯特

③ →253

在情节与角色斗争的必败之仗里,前者往往会用卑劣的手段来报仇。几乎所有小说到了结局都很无力。那是因为情节需要让人激动。为什么有这个必要?为什么没有一种惯例,让小说家在感到糊涂或无聊的时候就立即停下来呢?唉,他得让故事结束,而且往往会让角色们在他还没写完时就死掉,让我们通过死亡留下对他们的最终印象。

Kurt Vonnegut

库尔特·冯内古特

我完成《五号屠场》后感到，要是我没有意愿，就可以完全不用再写了。这像是某种职业生涯到了终点。我不知道确切原因。我想，花朵绽放过后，它们多少会意识到某些目的已经达成。花朵并没有要求成为花朵，而我也没有要求成为我。我在《五号屠场》的结尾感觉到自己达成了这种绽放。我因此有了一种关闭的感觉，就是，我已经做了自己应该做的，一切都很好。于是，这就成了终点。我可以去寻找自己在此之后的任务了。

Romesh Gunesekera

罗米虚·古奈塞可拉

不断改进也许不是缺乏安全感的迹象：这经常是完美主义者的癖好，或者是种对游戏的渴望，两者对一名作家来说都很有必要。问题在于不知道何时停下并前往下一行句子、下一个段落、下一处场景或下一章节，甚或是下一本书。因此，最好有个规矩，如果同一个逗号消失又出现三次，那就是时候往下写了；或者到了截止日期，游戏便必须停止。如果这两种办法都没用，那你就需要有人过来拿走你的手稿/打字稿/电脑了。

A. L. Kennedy

A. L. 肯尼迪

你也许已经疲倦，但同时，这也是写作长篇小说最激动人心的部分。但愿你笔下的情节现在已经描绘出了一系列势必发生的内容，还聚集了一群关键人物。你笔下的角色应该在做那些他们必须做的事情，这样有助于让全局自行展开……尽量不要让这种利好局面在最后关头把你引入陷阱。不要让自己在情感的驱使下写出一个草率的结局。保持头脑清醒，给予其所需的时间与空间。在这时，一点点的自律会帮你省去大量的重写工作。

Virginia Woolf

弗吉尼亚·伍尔夫

③ → 241

那本无名作品的最后几个词在十分钟前已写完。我心中相当平静，它共有九百页，伦纳德说有二十万字。上帝呀！那将意味着多大的修改量呀！但它终于被我写到了最后一行而戛然而止，该是多么好呀！尽管大多数字得擦去，不管怎样，结构在那儿了。一共花了两年不到——缺几个月——的时间，期间《阿弗小传》插了进来，因而写作速度比其他任何作品都快。描写部分对文章的流畅起了很大的作用。我该说——我是否总在这样说呢？——它比《阿弗小传》写得更有激情。当然并不是出于同种激情，因为它的想法更概括，更客观。它没有"漂亮的语言"；对话平白；尽管没有一种情感在急切地涌动着，但需更多的情感同时处于运转状态，因而更有张力。结尾时，没有泪水，没有陶醉，只有平静与豁达。希望是这样。不管怎样，要是我明天去死的话，作品已经写出来了。[1]

1　百花文艺出版社 2009 年版《伍尔芙日记选》，[英] 伍尔芙著，戴红珍、宋炳辉译。

Arthur Conan Doyle

亚瑟·柯南·道尔

④ → 401

公众想要的依然是夏洛克·福尔摩斯的故事，而我有时也会尽量满足他们。最终，在写了两个故事以后，我发现自己置身于危险之中：我的写作变得被动，而且还被完全视为了在我看来是文学成就里某种比较低级的阶层。因此，我决定终结这位英雄的生命，以此来象征自己的决心。这个念头是我和妻子在瑞士矩暂度假时出现的，我们在此期间去看了赖兴巴赫的壮美瀑布。那真是个可怕的地方，让我感觉是可怜的夏洛克应得的葬身之地，即便与他一同埋葬的还有我的银行账户。于是，我把他留在了那里，十分坚决地认为他应该留在那里——他也确实在那儿待了几年。我对公众表现出的关注很吃惊。他们说，只有当一个人死了，才会获得应有的爱戴，而我草率处决福尔摩斯遭到的大规模抗议让我明白，他的朋友数不胜数。"你这个禽兽"——一位女士寄给我的抗议信开头这样写道。我认为，她不仅是为自己，也是在为其他人发声。我听说许多人都哭了。由于优渥稿酬的诱惑，要不再惦记福尔摩斯很难，我光顾着为自己有机会进入想象的新领域而高兴，这让我担心自己过于冷酷无情。

······我不想对福尔摩斯忘恩负义，从许多方面来说，他一直都是我的好朋友。如果我偶尔对他有点厌倦，那是因为他的性格里容不下光明或者阴影。他是一台计算机器，试图添加任何东西进去都只会产生负面作用。因此，故事的多样性必须取决于浪漫元素与情节的紧凑程度。我也想就华生说一句，他在七卷书里从来没有表现出一丝幽默，也没有开过一个玩笑。要塑造真实的角色，就必须为了连贯性牺牲一切，此外，记住戈德史密斯批评约翰逊时说的："他会让小小的鱼儿像鲸那样说话。"

Charlotte Perkins Gilman

夏洛特·帕金斯·吉尔曼

多年来，我一直受到严重的神经崩溃的折磨，有忧郁症及其他症状。陷入困扰的第三年，我持着虔诚的信念和些许微弱的希望，前去拜访一位全国最为知名的神经疾病领域的大专家。这个聪明人让我静卧，用休养来疗愈。我尚且良好的体格因此立即有了起色，他断定我没有什么严重的毛病，于是让我回了家，并郑重建议我"尽可能保持居家生活"，"一天之中动脑时间只能有两小时"，而且只要我还活着，就"永远不要再碰钢笔、毛笔或铅笔"。这是1887年。

我回到家，遵循医嘱过了三个月，来到了我能够预见的精神彻底崩溃的边缘。

于是，我凭借残存的智力以及一位英明朋友的帮助，将知名专家的建议抛到九霄云外，又开始工作了。工作，每个人类都有的寻常生活；工作，带来快乐、成长与服务，没有工作的人是乞丐、是寄生虫。最终，我重新获得了一定程度的能量。

这次惊险逃脱自然而然地让我动容并欣喜。我写下《黄色墙纸》，并对其补充，进行润色，使其符合想象（我从未对墙面装饰有过幻觉或异议），然后寄了一份书稿给那位几乎让我发疯的医师。他一直没有回应。

这本小小的书受到了精神病学家的重视，被视为某种文学类型的上佳样本。据我所知，这本书还将一位女性从相似的命运中拯救了出来——她的家人是如此恐惧，他们让她回到了正常的生活中，使其得以复原。

不过，最好的结果是这个。许多年以后，有人告诉我，那位厉害的专家向朋友承认，自从读了《黄色墙纸》，他便修改了对神经衰弱症的疗法。

这本书不是用来让人发疯的，而是用来拯救那些快被逼疯的人们，它真的能起作用。

Henning Mankell

亨宁·曼凯尔

写完《肤之罪》后，我意识到自己可以对维兰德风潮加以探索，以此充分展示我想表达的内容。我同时也察觉到，我需要对自己创造出来的角色感到害怕，要像管弦乐队演奏一样写小说，而不是专注于维兰德的小号独奏。从现在起，我要时时面对自己可能遗忘这一点的风险。我要时刻牢记的是：故事最重要。永远都是。然后我要问自己，在这样一个故事里，作为独奏乐器的维兰德会不会让这个故事变得更好。

我会一再告诉自己：这次，我要做点不一样的事情。我会写下没有维兰德出场的故事——没有犯罪的小说，为剧场准备的剧本。然后，我就能回到这个人物，放下这个人物，写点不一样的东西，然后再次回到这个人物上。

我始终能听见自己内心有个声音在说："你一定要确保自己在正确的时刻放下这个人物。"我非常清楚，自己某一天会重拾维兰德，好好地打量他，然后问自己："我现在能为他想出点什么来呢？"等到他在某个时刻取代故事，成为了最重要的组成部分，这就是我得放下他的时刻。我想我可以坦诚地说，维兰德从来都没有比真正的故事更重要。

维兰德从来都没有变成负担。

然而，我内心还有另一台嘀嗒作响的警钟。我必须避免将写作当成某种日常工作。我要是这么做了，就会跌进危险的陷阱。这对我和我的读者来说都缺乏尊重。当这样的情况发生时，读者花了合理的钱买一本书，很快就会发现作者已经疲于写作，所做的只是走个过场而已。就我个人而言，那样的话，我的写作就会变成某种让我不再全心全意投入的事情。

因此，我在依然享受写作的时候停了下来。我过了很久才想好要去写最后一本关于维兰德的书。我花了好几年才准备好去写下这最后的句点。

实际画下这个句点的其实是我的妻子伊娃。我已经写好最后一个字，然后请她来按下"句号"的按键。她按了下去，于是故事结束了。

那接下来怎么办呢？当我开始写作完全不同的书的时候，怎么办呢？经常会有人问我是否想念维兰德。我真心实意地回答道："会想念他的人不是我，是读者。"

461

我从来都没想起过维兰德。对我来说，他是存在于我脑海里的人物。三位演员已经在电视与电影中，用各自的杰出方式演绎了独特的维兰德。这让我相当高兴。

　　但我并不想念他。而且我不会重复亚瑟·柯南·道尔爵士半心半意地杀掉福尔摩斯先生这样的错误。最后一个夏洛克·福尔摩斯的故事是最不成功的一个。这大概是因为，道尔实际上知道自己在做一件会让他后悔的事情。

　　……无论如何，我关于科特·维兰德的故事眼下走到了终点。维兰德很快会退休，不再担任警察。他会和他的黑狗尤西一起在黄昏之地晃荡。他还会在人世待多久，我不知道。这大概要由他自己来决定。

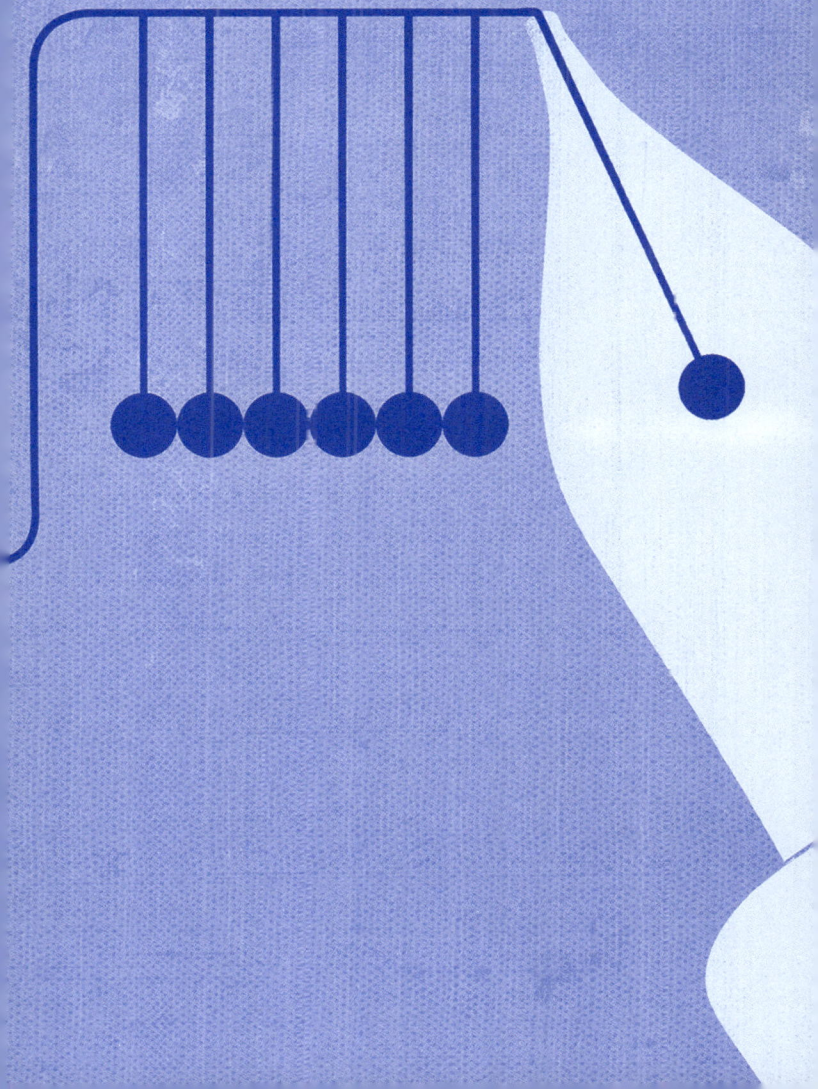

Index of authors

作家索引

Sources

出处

Becoming a writer
成为作家

Louisa May Alcott, *Little Women* (London, Scholastic Books, 2014).

Jack Kerouac, 'Are Writers Made or Born?' *Writer's Digest* (1962), *in The Portable Jack Kerouac* (London, Penguin, 1996).

D.H. Lawrence, 'Why the Novel Matters', *Phoenix: the Posthumous Papers of D.H. Lawrence*, 1936, edited by Edward D. McDonald (New York, Viking Press, 1936).

Mark Twain, 'A General Reply', *Galaxy* (November 1870).

James Baldwin, interview with Jack Gould, *New York Times* (31 May 1964).

Jean Paul Sartre, *Words*, translated by Irene Clephane (London, Penguin, 2000).

Zora Neale Hurston, *I Love Myself When I am Laughing* (New York, The Feminist Press, 1979).

Henry David Thoreau *Men of Concord and some others as portrayed in the Journal of Henry David Thoreau*, edited by Francis H. Allen (Boston, Houghton Mifflin Co., 1936).

Joan Didion, 'On Keeping a Notebook', *Slouching Towards Bethlehem* (London, André Deutsch, 1969).

Collette, *Earthly Paradise: Collette's Autobiography Drawn from the Writings of her Lifetime by Robert Phelps*, translated by Helen Beauclerk et al. (London, Sphere, 1970).

George Orwell, 'Why I Write?', *Gangrel* (Summer 1946), reprinted in *The Collected Essays, Journalism and Letters of George Orwell, Volume 4: In Front of Your Nose 1945– 1950* (Penguin, London, 1970).

Jhumpa Lahiri, 'Trading Stories: Notes from an Apprenticeship', *New Yorker, Reflections* (June 13 & 20, 2011).

Ian McEwan, *Another Round at the Pillars: Essays, Poems and Reflections on Ian Hamilton*, edited by David Harsent (London, Faber & Faber 1999).

Mary Shelley, 'Introduction', *Frankenstein or, The Modern Prometheus* (1831 edition), edited with an introduction by M.K. Joseph (Oxford University Press, 1969).

Anais Nin, *The Diary of Anais Nin, Volume 5: 1947–1955*, edited by Gunther Stuhlmann (San Diego, New York, London, Harcourt Brace Jovanvich, 1975).

Hanif Kureishi, *Dreaming and Becoming: Reflections on Writing and Politics* (London, Faber & Faber, 2002).

F. Scott Fitzgerald, 'Who's Who and Why', *Saturday Evening Post* (18 September 1920).

T.H. White, *England Have My Bones* (London, Macdonald Futura, 1981).

Thomas Mann, *Essays of Three Decades*, translated by H.T. Lowe-Porter (London, Secker & Warburg, 1935).

Jean Rhys, 'The Art of Fiction 64', interview with Elizabeth Vreeland, *Paris Review 76* (Fall 1979).

Margaret Atwood, *Negotiating with the Dead: A Writer on Writing* (London, Virago, 2003).

Emily Dickinson (attrib.), *quoted in The Crucible of Language: How Language and Mind Create Meaning*, by Vyvyan Evans (Cambridge University Press, 2015).

Samuel Johnson, *Rambler 3* (27 March 1750), reprinted in *The Works of Samuel Johnson, Volume 1* (New York, George Dearborn, 1837).

Gabriel García Márquez, 'The Art of Fiction 69', interview with Peter H. Stone, *Paris Review 82* (Winter 1981).

Renata Adler, *Toward a Radical Middle* (New York, Random House, 1969).

Stephen King, *On Writing: a memoir of the craft* (London, Hodder & Stoughton, 2000).

J.G. Ballard, 'An Investigative Spirit: Travis Elborough talks to J.G. Ballard', in *Empire of the Sun* (London, Harper Perennial, 2008).

Chimamanda Ngozi Adichie, interview with John Zuarino, *Bookslut* (August 2009).

Orhan Pamuk, 'The Art of Fiction 187', interview with Ángel Gurría-Quintana, *Paris Review 175* (Fall/Winter, 2005).

David Foster Wallace, *Quack This Way: David Foster Wallace & Bryan A. Garner Talk Language and Writing* (Dallas, RosePen Books, 2013).

David Mitchell, 'Advice to a Young Writer: Brilliantly Bad Originality is Better Than Competent Mimicry', speaking to Irina Rey at the University of Pittsburgh's Writing Program at Literary Hub (18 November 2015).

Jenny Erpenbeck, 'Five Questions for Jenny Erpenbeck', *Haaretz* (17 February 2011).

R.L. Stine, interview with Zachary Petit in *2014 Children's Writer's & Illustrator's Market* (Writer's Digest Books, 2013).

Hilary Mantel, quoted in *Agony and the Ego: The Art and Strategy of Fiction Writing Explained*, edited by Clare Boylan (London, Penguin, 1993).

J.K. Rowling, from author's website.

Haruki Murakami, *What I Talk About When I Talk About Running: A Memoir*, translated by Philip Gabriel (London, Vintage, 2009).

James Salter, 'Some for Glory, Some for Praise', National Endowment for the Arts website.

Lorrie Moore, 'How to Become a Writer, or Have You Earned This Cliche?', *New York Times* (3 March 1985).

Tom Perrotta, 'Travis Elborough talks to Tom Perrotta', in *The Abstinence Teacher* (London, Harper Perennial, 2008).

Ray Bradbury, in *The Legends of Literature: Essays from Writer's Digest Magazine*, edited by Philip Sexton (Cincinnati, Ohio, Writer's Digest 2007).

Julian Barnes, *Flaubert's Parrot* (London, Cape, 1984).

Deborah Levy, *Things I don't want to know: a response to George Orwell's 1946 essay 'Why I Write'* (London, Notting Hill Editions, 2013).

Methods and means
方式和手段

Anthony Trollope, *An Autobiography,* edited by H.M. Trollop (Edinburgh, London, W. Blackwood & Sons, 1883).

Leo Tolstoy, *Talks with Tolstoi,* translated by S.S. Koteliansky and Virginia Woolf (Richmond, Hogarth Press, 1923).

Thomas Hardy, from a letter in December 1883 to a Mr A.A. Reade, in *The Early Life of Thomas Hardy, 1840- 1891,* by Florence Emily Hardy (London, Macmillan, 1928).

Walter Scott, 'Introductory Epistle' to *The Fortunes of Nigel: A Romance* (Edinburgh, Archibald Constable & Co.; London, Hurst, Robinson, & Co., 1822).

Henry David Thoreau, *The Heart of Thoreau's Journals*, edited by Odell Shepard (Boston, New York, Houghton Mifflin Co., 1927).

Kate Chopin, 'My Writing Method', *Post-Depatch* (St Louis, 1899).

Jodi Picoult, 'Frequently Asked Questions' (August 2016).

Arnold Bennett, *The Journals of Arnold Bennett*, edited by Newman Flower (London, Cassell & Co. Ltd., 1932).

Jack London, 'Getting into Print', *The Editor* (March 1903).

H.P. Lovecraft, letter to Lillian D. Clark (1 September 1925), in *Selected Letters II* (1925–1929), edited by August Derleth and Donald Wandrei. (Sauk City, WI, Arkham House Publishers, Inc., 1968).

Katherine Mansfield, *Journal of Katherine Mansfield*, edited by John Middleton Murry (London, Constable, 1927).

John Boyne, 'My Writing Day', *Guardian* (n.d.).

James Joyce, *Conversations with James Joyce/ Arthur Power*, edited by Clive Hart Arthur Power (London, Millington, 1974).

Ernest Hemingway, 'Monologue to the Maestro: A High Seas Letter', in *Esquire* (October 1935).

Ford Madox Ford, 'Introduction' to *It Was a Nightingale* (London, William Heinemann, 1934).

C.S. Lewis, *Surprised by Joy: The Shape of My Early Life* (London, Collins, 1959).

Stephen King, *On Writing: a memoir of the craft* (London, Hodder & Stoughton, 2000).

E.L. Doctorow, 'The Myth Maker', interview with Bruce Weber, *The New York Times* (20 October 1985).

Helle Helle, 'An Interview with Helle Helle', interview with Cara Benson, *Bookslut* (January 2016).

Flannery O Connor, 'The Regional Writer', in *Esprit* (Winter 1963).

Jack Kerouac, 'Belief & Technique for Modern Prose: List of Essentials', in *Evergreen Review* (Spring 1959).

H.G. Wells, interview in *To-Day* (11 September 1897) reprinted in *Writers on Writing*, edited by Walter Ernest Allen (London, Phoenix House, 1948).

Roald Dahl, interview with Todd McCormack (1988).

Muriel Spark, *A Far Cry From Kensington* (London, Constable, 1988).

Georges Simenon, 'The Art of Fiction 9', interview with Carvel Collins, *Paris Review 9* (Summer 1955).

Joyce Carole Oates, 'Letter to a Fiction Writer', The *Ontario Review* (1999).

Fay Weldon, in *The Writer's Imagination: Interviews with Major International Women Novelists*, by Olga Kenyon (Bradford, University of Bradford Print Unit, 1992).

Tom Perrotta, 'Travis Elborough talks to Tom Perrotta', in *The Abstinence Teacher* (London, Harper Perennial, 2008).

Miranda July, 'Printing', interview with Carrie Brownstein, *Interview* (21 January 2014).

Annie Dillard, *The Writing Life* (New York, Harper Perennial, 1990).

Isaac Asimov, 'It's An Asimovalanche! The One- man Book-a-Month Club Has Just Published His 179th', interview with Brad Darrach, *People* (22 November 1976).

Hanif Kureishi, *Dreaming and Becoming: Reflections on Writing and Politics* (London, Faber & Faber, 2002).

Will Self, 'Writer's Rooms', *Guardian* (6 April 2007).

Neil Gaiman, 'Where Do You Get Your Ideas? ' from author's website.

Alan Garner, 'Alan Garner speaks to Travis Elborough', in *The Stone Book Quartet* (London, Harper Perennial, 2006).

Zadie Smith, 'Zadie Smith's Rules for Writers', *Guardian* (22 February 2010).

Rivka Galchen, 'Rivka Galchen speaks to Travis Elborough', in *Atmospheric Disturbances* (London, Harper Perennial, 2009).

William Faulkner, quoted in Advice to Writers, by Jon Winokur (New York, Random House, 2000).

David Foster Wallace, *Quack This Way: David Foster Wallace & Bryan A. Garner Talk Language and Writing* (Dallas, RosePen Books, 2013).

John Grisham, interview in *San Francisco Chronicle* (5 February 2008).

Jonathan Franzen, 'Modern Life Has Become Extremely Distracting', *Guardian* (2 October 2015).

Toby Litt, from authors blog (6 May 2016).

Richard Ford, in 'Ten Rules for Writing Fiction, *Guardian* (20 February 2010)

Emma Tennant, *quoted in Delighting the Heart: A Notebook for Women Writers*, edited by Susan Sellers (Women's Press, 1989).

John Keats, *The Letters of John Keats*, edited by M.B. Forman (Oxford University Press, 1935).

David Mitchell, 'Neglect Everything Else', The *Atlantic* (23 September 2014) .

Roberto Bolaño, *Between Parentheses: Essays, Articles and Speeches, 1998–2003*, edited by Ignacio Echevarria, translated by Natasha Wimmer (New York, New Directions, 2011).

Hilary Mantel, 'Growing a Book', *Winter Diaries* (17 August 2014).

Annie Dillard, *The Writing Life* (New York, Harper Perennial, 1990).

J.G. Ballard, 'PS Section' by Travis Elborough, *Millennium People* (London, Harper Perennial, 2003).

Paul Beatty, 'My Writing Day', *Guardian* (29 October 2016).

Haruki Murakami, *What I Talk About When I Talk About Running: A Memoir*, translated by Philip Gabriel (London, Vintage, 2009).

Philip Roth, 'The Art of Fiction 84', interview with Hermione Lee, *Paris Review 93* (Fall 1984).

John Steinbeck, *Steinbeck: A Life in Letters*, edited by Elaine Steinbeck and Robert Wallsten (London,

Penguin, 2001).

F. Scott Fitzgerald, letter to Max Perkins (11 March 1935), in *The Letters of F. Scott Fitzgerald*, edited by Andrew Turnbull (London, Bodley Head, 1964).

Amy Tan, quoted in *The Secret Miracle: The Novelist's Handbook*, edited by Daniel Alarcon (New York, Henry Holt, 2010).

Katherine Mansfield, *The Collected Letters of Katherine Mansfield: Volume IV: 1920-1921*, edited by Vincent O'Sullivan and Margaret Scott (Oxford University Press, 2004).

Geoff Dyer, *Out of Sheer Rage: In the Shadow of D.H. Lawrence* (London, Little, Brown, 1997).

P.G. Wodehouse, 'In Their Own Words: British Novelists', broadcast on *Among the Ruins: 1919–1939* (BBC Radio).

Failing
失败

E.M. Forster, interviewed by the BBC, *Monitor* (1959).

Samuel Beckett, *Worstward Ho* (London, Calder, 1983).

Anthony Trollope, *An Autobiography*, edited by H.M. Trollope (Edinburgh, London, W. Blackwood & Sons, 1883).

Eleanor Catton, interview with Elizabeth Kuruvilla, *Live Mint* (15 February 2017).

Jonathan Franzen, 'Writer's Toolbox', interview in *Gotham Writers* (undated).

Martin Amis, 'The Art of Fiction 151', interview with Francesca Riviere, *Paris Review 146* (Spring 1998).

Charles Bukowski, *Sunlight Here I Am: Interviews and Encounters 1963-1993*, edited by David Stephen Calonne (Sun Dog Press, 2003).

Virginia Woolf, 'A Room of One's Own' (1929) in *Collected Essays* (London, Hogarth Press, 1966).

Gore Vidal, interview in *Writer's Digest* (March 1975).

J.M. Coetzee, *Here and Now: Letters 2008–2011*, by Paul Auster and J.M. Coetzee (London, Faber & Faber, 2013).

Anne Enright, 'Failure Is What We Do. It is Built In', *Guardian* (22 June 2013).

Amy Tan, quoted in *The Secret Miracle*, edited by Daniel Alarcon (New York, Henry Holt, 2010).

Han Kang, 'Violence and Being Human: A Conversation with Han Kang by Krys Lee', *World Literature Today* (May 2016).

Ray Bradbury, keynote address at The Sixth Annual Writer's Symposium by the Sea, quoted by *Brain Pickings* (18 May 2012).

p. 123 Tim Winton, 'Waiting for the Wave', interview with Aida Edemariam, *Guardian* (28 June 2008).

Orhan Pamuk, 'The Art of Fiction 187' interviewed with Ángel Gurría-Quintana, *Paris Review 175* (Fall/Winter 2005).

Philip Pullman, quoted by Emily Temple, '13 Famous Writers on Overcoming Writer's Block' *Flavorwire* (3 November 2012).

Jane Austen, letter to Stanier Clarke (11 December 1815), in *Jane Austen's Letters to her sister Cassandra and others,* edited by R.W. Chapman (Oxford, Clarendon Press, 1932).

Alice Munro, 'The Art of Fiction 137, interview with Jeanne McCulloch and Mona Simpson, *Paris Review 131* (Summer 1994).

Angela Carter, in *The Writer's Imagination: Interviews with Major International Women Novelists*, by Olga Kenyon (Bradford, University of Bradford Print Unit, 1992).

Ring Lardner, quoted in *Writers on Writing: A Compendium of Quotations on the Writer's Art*, edited by Jon Winokur (London, Headline, 1988).

Charles Dickens, *The Letters of Charles Dickens*, edited by Walter Dexter (London, Bloomsbury, Nonesuch Press, 1938).

Junot Díaz, O, *The Oprah Magazine* (October 2009).

Stephen King, *On Writing: A Memoir of the Craft* (London, Hodder & Stoughton, 2000).

Hanif Kureishi, *Dreaming and Becoming: Reflections on Writing and Politics* (London, Faber & Faber, 2002).

Margaret Atwood, 'Get Back on the Horse that Threw You', *Guardian* (22 June 2013).

Ursula K. Le Guin, *Dancing at the Edge of the World: Thoughts on Words, Women, Places* (London, Gollancz, 1989).

Edith Wharton, *A Backward Glance* (New York, London, D. Appleton-Century Co., 1934).

Joe Dunthorne, interview with Tom Seymour, *Ideas Tap* (18 July 2011).

Lionel Shriver, 'No One Wants to Buy a Book about Disappointment', *Guardian* (22 June 2013).

Hilary Mantel, 'Hilary Mantel's Rules for Writers', *Guardian* (22 February 2010).

J.B. Priestley, quoted in *The Craft of Fiction*, by Will Knott (Askmar Publishing, 2002).

Jennifer Egan, interview with Astri von Arbin Ahlander, T*he Days of Yore* (19 April 2011).

H.G. Wells, quoted in *The Diplomate*, Volume 19, (National Board of Medical Examiners, 1947).

Samuel Johnson, quoted in James Boswell, *The Life of Johnson* (Oxford, Clarendon Press, 1934).

Gabriel García Márquez, 'The Art of Fiction 69', interview with Peter H. Stone, *Paris Review 82* (Winter 1981).

Orson Scott Card, interview with Tina Morgan, *Fiction Factor*.

Charles Bukowski, from *The Last Night of the Earth Poems* (Harper Collins, 2009).

Maya Angelou, quoted in *The Writer's Idea Book 10th Anniversary Edition: How to Develop Great Ideas for Fiction, Nonfiction, Poetry, and Screenplays*, by Jack Heffron (Writer's Digest Books, 2012).

George R.R. Martin, 'Not a Blog' (2 January 2016).

Neil Gaiman, 'A Conversation With Neil Gaiman', by Claire E. White, *The Internet Writing Journal* (March 1999).

John Banville, 'Fully Booked: Q&A with John Banville', interview with Travis Elborough in *The Sea* (London, Picador 40th Anniversary Edition, 2012).

Washington Irving, 'Memorial of Washington Irving', *The Knickerbocker: Or, New-York Monthly Magazine* (1860).

F. Scott Fitzgerald, *Fitzgerald: My Lost City: Personal Essays, 1920–1940: Vol. 4* (Cambridge University Press, 2005).

Jorge Luis Borges, *Borges at Eighty: Conversations*, edited and with photographs by Willis Barnstone (Bloomington, Indiana University Press, 1982).

The art of writing
写作的艺术

Walter Scott, *The Miscellaneous Prose Works, Volume III* (Robert Cadell, Edinburgh, 1834).

Samuel Johnson, Rambler 3 (27 March 1750), in *The Works of Samuel Johnson, Volume 1* (New York, George Dearborn, 1837).

Herman Melville, *Moby Dick* (William Collins, London, 2013).

John Updike, 'Writers on Themselves', *The New York Times* (17 August 1986).

Jorge Luis Borges, *Borges at Eighty: Conversations*, edited and with photographs by Willis Barnstone (Bloomington, Indiana University Press, 1982).

Charlotte Brontë, 'Editor's Preface to the New Edition of Wuthering Heights', *Wuthering Heights* (John Murray, London, 1910).

Charles Dickens, letter to Jane Brookfield (20 February 1866), in *The Selected Letters of Charles Dickens*, edited by Jenny Hartley (Oxford University Press, 2012).

Wilkie Collins, 'Preface to the Present Edition (1861)', *The Woman in White* (Richmond, Alma Classics, 2009).

Thomas Hardy, 'The Profitable Reading of Fiction', *The Forum* (March 1888).

George Eliot, 'Storytelling', *Essays and Leaves from a Notebook*, edited by Charles Lee Lewes (Edinburgh, Blackwood, 1884).

Elmore Leonard, *Elmore Leonard's 10 Rules of Writing* (New York, William Morrow, 2007).

Mark Twain, letter to D.W. Bowser (20 March 1880), *Mark Twain Project* (Mark Twain Papers, California Digital Library, UC Press, 2007–16).

Leo Tolstoy, *A Calendar of Wisdom: Daily Thoughts to Nourish the Soul*, translated by Peter Sekirin (New York, Prentice Hall & IBD, 1997).

Robert Louis Stevenson, 'Some Gentlemen in Fiction', *Scribner's* (June 1888).

Oscar Wilde, quoted in *Oscar Wilde: The Story of an Unhappy Friendship*, by R.H. Sherard (London, Greening & Co., 1909).

Edgar Allen Poe, 'The Philosophy of Composition' *Graham's Magazine Vol. XXVIII, No.4* (April 1846).

George Bernard Shaw, letter to The Times (1907), quoted in *The Story of English: How the English Language Conquered the World*, by Philip Gooden (Quercus, 2011).

William Makepeace Thackeray, *The History of Pendennis* (Lenox, Hard Press, 2006).

Catherine Drinker Bowen, *Adventures of a Biographer* (London, Little, Brown, 1959).

Arthur Conan Doyle, *Memories and Adventures* (London, Hodder & Stoughton, 1924).

Anton Chekhov, letter to Madame M.V. Kiselyov (14 January 1887), from *Letters on the Short Story, the Drama and Other Literary Topics*, selected and edited by Louis S. Friedland (Benjamin Blom, 1966).

F. Scott Fitzgerald, *The Crack-Up*, edited by Edmund Wilson (New York, New Directions, 1945).

Willa Cather, 'On the Art of Fiction', *The Borzoi* (1920).

Vladimir Nabokov, *Lectures on Literature* (New York, Harcourt Brace Jovanovich, 1981).

H.P. Lovecraft, *Writings in the United Amateur 1915–1922* (Project Gutenberg, 2009).

James Joyce, in *Conversations with James Joyce*, by Arthur Power (Dublin, The Lilliput Press Ltd, 2000).

Jonathan Swift, 'A Rhapsody' (1733), *The Poetical Works of Jonathan Swift* (Edinburgh, Mundell and Son, 1794).

D.H. Lawrence, 'Why the Novel Matters', *Phoenix: the posthumous papers of D.H. Lawrence, 1936*, edited by Edward D. McDonald (New York, Viking Press, 1936).

Ford Madox Ford, *It was the Nightingale* (Manchester, Carcanet Press, 2007).

Ernest Hemingway, 'The Art of Fiction 21', interview with by George Plimpton, *Paris Review 18* (Spring 1958).

Joseph Conrad, *Notes on My Books* (New York, Doubleday, Page, 1921).

Raymond Chandler, 'Twelve Notes on the Mystery Novel', *The Notebooks of Raymond Chandler*, edited by Frank MacShane (New York, The Ecco Press, 1976).

Graham Greene, *Ways of Escape* (London, Vintage, 1999).

David Mitchell, quoted in a review by Chris Park (Northern Soul, 2014).

George Orwell, *Politics and the English Language* (London, Penguin, 2013).

Ray Bradbury, *Zen in the Art of Writing* (London, Harper Voyager, 2015).

Muriel Spark, *Loitering with Intent* (London, Virago, 2007).

Alan Garner, 'PS Section' by Travis Elborough, *The Stone Book Quartet* (London, Harper Perennial, 2006).

Laurence Sterne, *Tristram Shandy* (London, Wordsworth Classics, 1996).

Max Frisch, 'The Art of Fiction 113', interview with Jodi Daynard, *Paris Review 113* (Winter II, 1989).

J.G. Ballard, quoted in 'PS Section' by Travis Elborough, *Hello America* (London, Harper Perennial, 2008).

Raymond Carver, 'A Storyteller's Shoptalk', *New York Times* (15 February 1981).

Terry Pratchett, *A Slip of the Keyboard: Collected Nonfiction* (London, Doubleday, 2014).

Peter Stamm 'This Week in Fiction: Peter Stamm', interview with Deborah Treisman, *New Yorker* (2012).

Chimamanda Ngozi Adichie, 'An Interview with Chimamanda Ngozi Adichie', by John Zuarino,

Bookslut (2009).

Charlotte Brontë, letter to G.H. Lewes (12 January 1848), in *The Life of Charlotte Brontë*, by Elizabeth Gaskell (London, Penguin Classics, 1998).

William Faulkner, 'Faulkner at Virginia', Press Conference (20 May 1957).

Joy Williams, 'Joy Williams Explains How to Write a Short Story', interview with Lincoln Michel, *Vice* (2016).

Ursula K. Le Guin, 'Where Do You Get Your Ideas From?' *Dancing at the Edge of the World* (New York, Grove Press, 1989).

Karl Ove Knausgaard, *A Death in the Family: My Struggle Book 1* (London, Vintage, 2013).

David Foster Wallace, *Quack This Way: David Foster Wallace & Bryan A. Garner Talk Language and Writing* (Dallas, RosePen Books, 2013).

Ernest Hemingway, *Selected Letters 1917–1961* (London, Scribner Classics, 2003).

Elena Ferrante, 'Women of 2015: Elena Ferante, Writer', interview with Liz Jobey, *Financial Times* (11 December 2015).

Andre Dubus III, 'The Case for Writing a Story Before Knowing How it Ends', interview with Joe Fassler, *The Atlantic* (2013).

A sense of an ending
终结的感觉

A.L. Kennedy, *Novel Writing: A Writers' & Artists' Companion*, edited by Romesh Gunesekera and A.L. Kennedy (London, Bloomsbury, 2015).

George Eliot, *George Eliot Letters*, edited by Gordon S. Haight (New Haven, Yale University Press, 1954–5).

Oscar Wilde, *The Importance of Being Earnest* (London, Penguin Classics, 2007).

Truman Capote (attrib.), quoted in *Writer's Digest*.

J.M.G. Le Clézio, *The Interrogation* (London, Penguin, 2008).

John Steinbeck, 'The Art of Fiction 45', interview with Nathaniel Benchley *Paris Review 48* (Fall 1969).

Arthur Conan Doyle, *Memories and Adventures* (London, Hodder & Stoughton, 1924).

Charlotte Perkins Gilman, 'Why I Wrote The Yellow Wallpaper', in *The Forerunner* (October 1913).

E.M. Forster, *Aspects of the Novel* (London, Penguin Classics, 2005).

Henning Mankell, *An Event in Autumn* (London, Vintage, 2015).

John Fowles, 'Talk with John Fowles', interview with Mel Gussow, *The New York Times* (13 November 1977).

Romesh Gunesekera, *Novel Writing: A Writers' & Artists' Companion*, edited by Romesh Gunesekera and A.L. Kennedy (London, Bloomsbury, 2015).

Kurt Vonnegut, *Conversations with Kurt Vonnegut*, edited by William Rodney Allen (Mississippi, University Press Mississippi, 1988).

Virginia Woolf, *Selected Diaries* (London, Vintage, 2008).

Acknowledgments

致谢

多家出版社、个人与遗产机构慷慨地准许了我们从以下版权作品中进行摘录。

Thanks

感谢

我们要感谢弗朗西斯林肯出版社的每一位成员，本书从提案到付印，离不开他们孜孜不倦的付出。此外，还要感谢众多作家、出版社、文学经纪人、遗嘱执行人与遗产机构的帮助。谢谢你们所有人。另外，我要对艾米莉·比克与乔纳森·保罗致以特别的感谢。

图书在版编目 (CIP) 数据

成为作家：来自伟大作家的随想与建议 / (英) 特
拉维斯·埃尔伯勒 (Travis Elborcugh)，(英) 海伦·
戈登 (Helen Gordon) 著　木草草译. -- 重庆：重庆
大学出版社，2020.9（2024.11 重印）
书名原文：Being a Writer: Advice, Musings, Essays
and Experiences From the World's Greatest Authors
ISBN 978-7-5689-1883-1

Ⅰ. ①成… Ⅱ. ①特… ②海… ③木… Ⅲ. ①文学创
作 Ⅳ. ① I04

中国版本图书馆 CIP 数据核字 (2020) 第 023449 号

成为作家：来自伟大作家的随想与建议
CHENGWEI ZUOJIA: LAIZI WEIDA ZUOJIA DE SUIXIANG YU JIANYI
[英] 特拉维斯·埃尔伯勒　[英] 海伦·戈登 (著)
木草草 (译)

策划编辑：姚　颖
责任编辑：姚　颖
责任校对：刘志刚
书籍设计：邵　年 ｜ XYZ Lab

重庆大学出版社出版发行
出版人：陈晓阳
社址：（401331）重庆市沙坪坝区大学城西路 21 号
网址：http://www.cqup.com.cn
印刷：天津裕同印刷有限公司

开本：700mm×1000mm　1/32　印张：15.5　字数：290 千
2020 年 9 月第 1 版　　2024 年 11 月第 5 次印刷
ISBN 978-7-5689-1883-1　定价：69.00 元